母女书
第十条小鱼

毛芦芦 著

北京时代华文书局

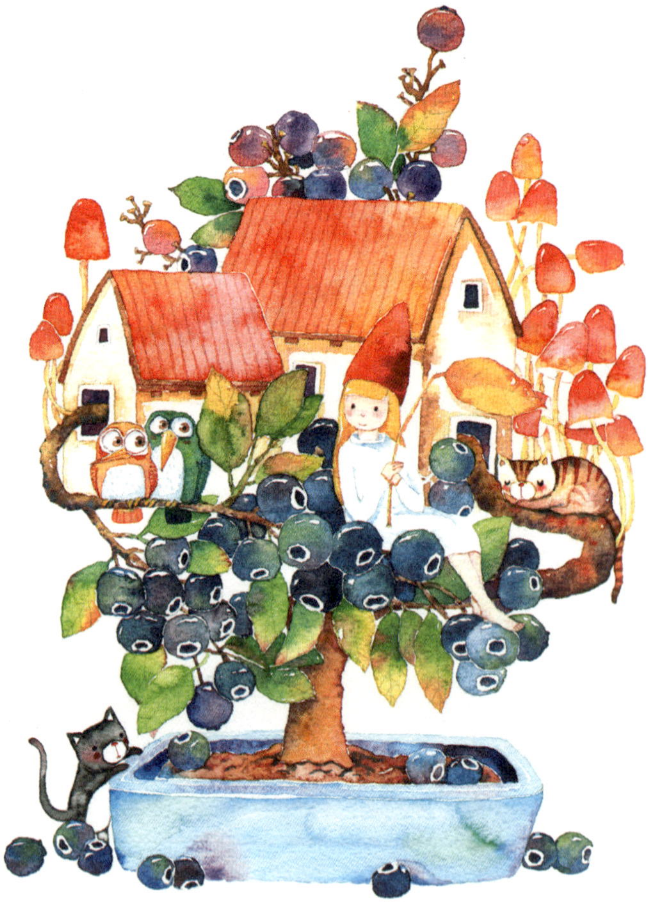

至真至善 芳香纯美
——读毛芦芦、汪芦川的散文

一

毛芦芦真名叫毛芳美。25年前（1992年）在浙江师范大学学生时代，我们都叫她毛妹妹。据说"毛芦芦"的笔名，是韦苇导师邀她参与编写一本童话集时，她给自己起的笔名，意思是那种毛茸茸的、可以做成小兔子、小狗狗的狗尾巴草，小孩子也感到亲切。其实，叫"芳美"不是也很好吗？都已经习惯了。

芳美在学校就出了名。她的散文在《西湖》《散文百家》发表，被《散文选刊》《大学生抒情散文选》转载，在那个时代是很牛的一件事，何况她还是个学生，不起眼的黄毛丫头。但她的散文，确有一种芳香纯美的味儿，清新明净，感情充沛，稚嫩中有诗意和哲理，更有让人心动的灵光闪现，看了还想看。那时就很佩服她那小脑袋里怎么会有那么多新鲜灵动的感悟，叫人刮目相看。

而她并不觉得什么，仍旧跟在我们老大哥后面乐颠颠地转。她学的是政治思想教育，我们几个老大哥是中文系现当代文学专业儿童文学方向的研究生。起初也是韦苇导师把她介绍给我们的。韦苇导师是写诗和散文出道的名作家、著名儿童文学教授，他说这小姑娘有灵性，文笔好，喜欢儿童文学，我喜欢。导师喜欢，我们也就喜欢，把她当小妹妹收下了。没想到几年后小妹妹长成了名副其实的儿童文学作家，她的儿童文学作品亦如她最初的散文那样芳香纯美。

更没有想到的，"长不大"的芳美居然把自己的女儿养成了和她一样的儿童文学作家，母女俩一起写散文，这是多么芳香纯美的一件事！女性有成为儿童文学作家的天性，母亲天生就是孩子最好的老师，芳美的女儿将来也要做母亲，她的女儿也会写儿童文学吗？我好奇，我有预感，谁说儿童文学的基因不会遗传呢？如果一家三代女性都是儿童文学作家，都写得一手芳香纯美的散文，那又是一件多么芳香纯美的事情啊！

二

芳美现在很勤奋，不断看到她的作品出版；芳美现在很幸福，经常看到她到各地讲学。她写作品，她的女儿就是读者；她去讲学，她的女儿就是学生。现在她和女儿一起创作，写给天下的母亲和女儿，从字里行间我感到她们的幸福与兴奋、勤奋和责任。

知女莫如母。女儿爱上儿童文学写作，与有位儿童文学作家

序言

妈妈一定分不开。十年前芳美在鲁迅文学院儿童文学作家高级研讨班学习时，就把女儿带在身边一个月，同上课同生活。她从小耳濡目染，儿童文学作家这个温暖的字眼也许就是她小小心田里的阳光，照亮了她的方向，播种下文学的种子，让她长成了一颗儿童文学的"小红枣"。芳美在《枣树的馈赠》里，讲了一段她家院子里两棵枣树的故事。原来女儿一岁时，芳美为女儿种了一棵高贵的白兰花，年年花开甚密，其香远播，好不喜爱。女儿四岁时，一场大雪，芳美童心大发，围着白兰花，为女儿堆了一个大大的雪人，没想到冻坏了树根，第二年春天，白兰花没有如期报春，就此枯萎了。芳美好不心疼悔恨。想到白兰花的娇俏、纤弱，不好养护，芳美特意让她父亲从乡下老家挖来两棵枣树苗种下。她想枣树比较卑贱，随意生长在田头坡边，看那枝干，有股不屈不挠的韧劲，一心向上生长的坚定，耐寒抗旱，可以自然生长，还能开花结果。想到自己的女儿，就希望像枣树那样生机沛然、坚忍不拔、自然成长、有所收获。有了这样的心思，"小红枣"就是芳美给女儿最合适的小名了。

"小红枣"的大名叫汪芦川，居然和妈妈的笔名同一个"芦"字，意指一条开满芦花的河流，这里有芳美的用心："同样是

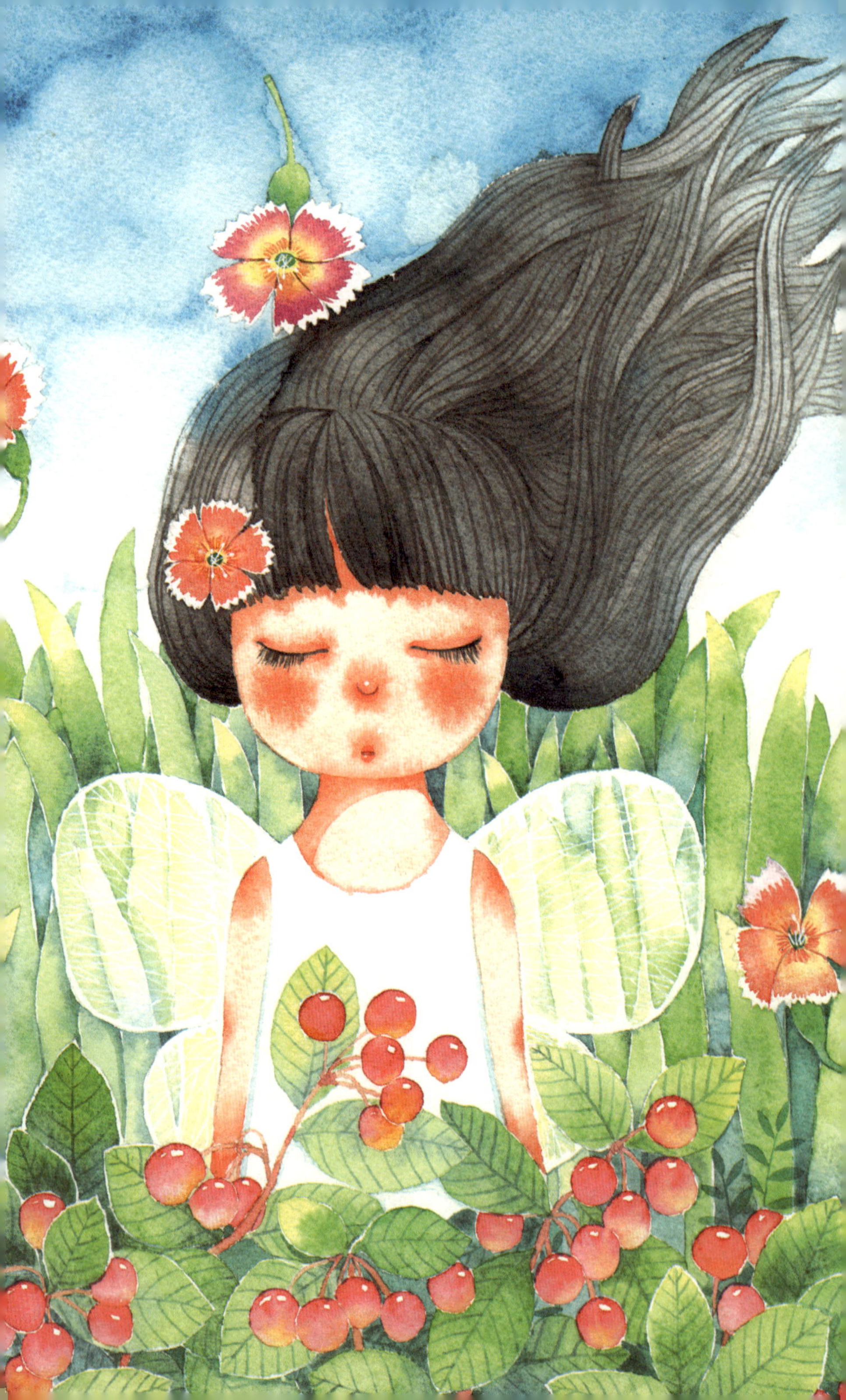

'芦',我是狗尾草,她是芦苇花,希望她以后的生活,比我更优雅美丽一些,文学成就也比我更高远灿烂一些!"

有了妈妈的祝福和期待,"小红枣"没有让妈妈失望,活泼又沉静的她,爱读书爱写作,多次获得全国性作文比赛大奖,荣获"浙江省美德少年"的称号。还在读高二的小红枣,比她妈妈当年更早地走上了文学创作之路,真是后生可畏、后生可敬也!

三

小红枣的散文也像一颗颗小红枣,小而饱满,质朴圆润,食之甘甜醇美,口有余香。在这部散文集《妈妈的麻花辫》里,展现了她的细腻与柔情、纯真与情思、善良与博爱、叛逆和成长。

第一篇《成长·惜流年》,感悟社会,以校园生活为中心,借事喻理,讲述成长故事。从《红绳琐忆》里对"小红绳"情感的变迁,感怀老师对学生的真爱到了无所不用其极的境地;从《舞鞋流年》中舞蹈老师"越是痛越要笑"的训诫里,感悟人生应有的态度;从《想变成树的女孩》诺子被扭曲的心灵际遇里,控诉了应试教育下父母以爱的名义对女儿天性的摧残。

第二篇《感恩·在光里》,感悟人生,以家庭生活为中心,借物写人，讲述亲情故事。《外公的岁月笙歌》写外公对偏瘫十年的外婆无微不至的爱护，在村人怜悯同情又敬重不已的眼光里，"我看到了外公大美的人格"。《乡村的魅力》之所以有魅力，是因为那里是外婆的家，是妈妈的生命之根，也交织着"我"的童年记忆。《远方的胭脂花》写"我"长大了，老家和我的距离，却一点一点地生长在心里，成为让"我"心醉和心碎的"花与远方"，胭脂花的美和外婆的爱，已经渗入"我"的骨髓和血液，成为"成长的颜色"。同是用"花"来写爸爸妈妈，爸爸爱花是与爱诗连在一起的，时常以诗写花，那花中就有爸爸爱的妈妈和"我"，我们是他"生活中的诗和花"。妈妈的"花"是那一对曾经"又长又粗又黑又亮的"麻花辫，还有随着岁月流逝，"她那头漂亮乌黑的长发，已不知不觉游到了我的肩头"，在头发和辫子的变迁史里，一对血脉相连、相依相偎的母女形象，出现在你朦胧的泪眼里，越来越清晰，母女共同成长的心路历程，会让每一位读者动容，不自觉地联想到自己和自己的母亲。

第三篇《遇见·云梦生》，感悟自然，以季节变化为中心，借景言情，讲述人与自然的故事。从《太阳岛之夜》母女不同世界的对比讲述中，感受时间行进的刻度和情景交融的心境。《遇见花海》中的油菜花仿佛是逝去两年多的老太、太公的化身，无

限怀念中突然有了一种生命回归自然的释放。《又见栀子花》与其说是少女对栀子花的相思倾诉，不如说栀子花就是少女的心花，已经是物我两忘的境界了。再看她笔下的"早春""秋日""露珠""云和梦"，都是少女的心花一瓣，纯粹而清香。《舟行江上》描写江的轻柔和静谧，不着痕迹地以喧闹与嘈杂的城市为背景，在咯吱咯吱的桨声里，洗净了情思，放空了自己。

小红枣的散文，由心底流出，写真的人、真的事、真的情，不做作，不掺假，不装腔作势，不无病呻吟，这是非常可贵的。小红枣的文字也有稚嫩的一面和作文的痕迹，这是她的本色，也是成长的印记。作文是作家之基，稚嫩是希望之所，我看重她至真至善、纯粹清香的品质。

四

芳美的文字自然比女儿的凝练大气，成熟里透出智慧。篇幅短小而精致，构思新颖而精巧，语言风雅而精准，形象鲜明而精美。她的散文，可以当作微小说来读，有情节故事，有起承转合，善于营造典型环境，善于在细节中刻画典型性格，善于以女性敏感柔弱的心灵感悟生活的哲理与人性的光辉，如《一罐错汤》《大风起兮》《锄头男孩》《我们仨的桑坞》等。她的散文,写身边原汁原味的物质生活,却给读者至美至善的精神享受和至纯至真的灵魂洗礼,如《第十条小鱼》《宁静的燃烧》《牵手走进童年》等。散文要写得有诗意,有谐趣,有悲天悯人的情怀,不是件容易的事,芳美有了很好的尝试。

芳美的散文集《第十条小鱼》,内容丰富,有"真""情""美""醉"四个部分,在社会趣事的讲述中表达拥抱生活的态度,在岁月深处的沉淀里书写乡情和亲情,在一组人物素描般的展览里将人人当作美的风景,在醉卧自然的怀抱里享受一花一叶的馈赠。

芳美和女儿的散文,都是纪实性的情感文字,写所见所感所思,没有一篇是道听途说的"所闻所想"。相同的生活环境,在题材上自然有类似的选择,但没有雷同和重复,各有其角度,各有其性情,各有其话语,各有其意旨,正好相互补充,相得益彰。这在写故乡和亲情的那些作品里,最为突出。如芳美写父母大人、写老公和女儿,是女儿、妻子、母亲的角色,视角不同,情感各异,变化丰富,感情浓烈而理性。女儿写爸爸妈妈、外公外婆,是家中晚辈,她以一颗纯洁的童心,好奇地仰望,以她自己的方式过她天性的生活,充满激情而感性。如果将女儿的《妈妈的麻花辫》《外公的岁月笙歌》《爸爸的诗和花》《放生一条泥鳅》和母亲

序言

的《飞花令》《外婆的脚步》《爸爸的"赤兔马"》《第十条小鱼》对照阅读,就会有更多发现,温暖你小小的心窝。

芳美的散文,不仅有浓郁的亲情美,还有淡雅的书香美。她的《秋天的书事》《小毛驴之歌》《大风起兮》《你飞了》《冉冉祥瑞生》《芋荷粿》《读千屈菜,读惠特曼》等作品,都有她爱书读书评书的情景描述,特别是《我们家的诗词大会》《飞花令》,写一家三口的读书乐趣和书香之家的天伦之乐,令人羡慕不已。

芳美的散文,在乡音乡情的缅怀里,还有一种乡风民俗的质朴记录。如《小小举牌人》等,写祠堂、祭祖、家风,将散文的空间向历史和未来拓展,可以当作文化散文来读,感受其情感的温度和历史的深度。

芳美的散文,总怀着一颗善良纯真之心,看待世间万物。写《立春》《云中村》《春游之柳》、写《春天的第一枚圆月》《锦江边的豌豆花》《小无患子的太阳》、写《拥抱春天》《亲吻一朵黄从容》《祝福,小鸟和大树》……她描写自然的文字里,一草一木,小至树叶和野花,大至太阳和月亮,都包含着人间的情味,包含着平等对待自然万物的思想,让你明白生命的存在价值,对一切生命肃然起敬。

芳美的散文,和她的心地一样,善良、温润、有趣、有味。

第十条小鱼

她习惯用细细的声音，不紧不慢地对你诉说，却能句句落到你的心窝上。读她的文字，你会感受到她有着超凡脱俗的稚气，人性的假丑恶，世道的瞒哄骗，似乎都污染不了她那颗童真的心，在她明澈的眼神里，处处是善、是美、是真。读她的文字，你会感悟她对待生活的阳光心态，明白善有善报的道理：你若爱，生活哪里都可爱；你若恨，生活哪里都是恨；你若感恩，处处可感恩；你若成长，事事可成长。

芳美是天生的儿童文学家，她像大人一样工作，像孩子一样生活。她非常推崇师姐汤素兰的散文集《奶奶星》，说"她写出了每个人心上的故乡，写出了每个人记忆中的童年，写出了每个人最怀恋的亲人。她也用那清丽深情、隽永奔放的文笔，给当今没有多少乡土观念的青少年，构筑了一个文学老家、文学故乡"。她自己的散文创作又何尝不是这样呢！她认为"我们的儿童文学，不仅仅要陪着孩子们歌哭泪笑，不仅仅要描摹他们的生活现状，不仅仅要给他们减压，增强他们前行的信心和勇气，还需要给孩子们增加心灵的厚度、精神的张力、记忆的深度"。她自己首先做到了。

五

将母亲和女儿的书联袂出版,打造"母女书"的概念,营造一种家庭文学的亲子氛围,给人耳目一新的感觉,也是推进儿童文学创作的一种创新。这种方式将母女在家庭里的文学对话,变成在文学舞台的竞相开放,也许会催生一种母女、父子共同创作儿童文学的生动景观。这里的"母女书",可以是母女合写一部书,也可以是母女各写一本,完全根据作者的特点以及内容和市场的需要。我对这种新生的儿童文学创作方式取支持鼓励态度,这不仅是可喜的儿童文学的家风,也是培育儿童文学新人的"传帮带",需要得到支持和鼓励。希望儿童文学文苑出现更多的"母女书""父子书""兄弟书""姐妹书",那时的儿童文苑将会百花争艳,一片繁荣兴盛的景象。

韩进

目录 CONTENTS

感谢你温柔的注视 / 002

额头上的奖状 / 006

39 只小纸鹤 / 009

幸福的"小贩" / 013

今天我不仅赚到了菊仙的友谊,而且还赚到了那么多人的善良,赚到了自己满心的幸福滋味。

第一篇
真·稚拙地拥抱生活

一罐错汤 / 016

意外的红辣椒 / 019

第十条小鱼 / 022

从此,当我们望着这片江面的时候,江里,已经有了我们的小鱼。

家里添了个"陌生人" / 027

爸爸的"赤兔马" / 030

飞花令 / 035

我们家的诗词大会 / 038

春游之柳 / 042

秋天的书事 / 045

不老的犀星——读汤素兰的《奶奶星》有感 / 048

大地只要有麦子,就会有生机。而人类只要有爱,就会有怀念。

小毛驴之歌 / 052

第二篇
情·沉淀在岁月深处

重逢…… / 056

遇见您，遇见初心…… / 061

杳杳野猪塘 / 065

小弟四十 / 071

外婆的脚步 / 075

芋荷粿 / 079

少年路上 / 084

只要一起走着那段路，我们就总能快乐得嘎嘎响。

一棵树 / 087

你飞了 / 092

我们仨的桑坞 / 095

我们仨，在那个大大的山坞里，就那么快快乐乐地做着朋友。

最宽的梯子 / 102

水之南 / 105

秋千岁月 / 109

第三篇
感·臻存每一份触动

大风起兮 / 114

火车上的春天 / 117

小小举牌人 / 120

青春点灯 / 124

孩子是我们心头的灯，而孩子勤学的脚步，是点亮天地的大灯。

风从英伦来 / 128

锄头男孩 / 131

宁静的燃烧 / 134

那一团红，不知为何，一下子就在我眼里幻成了一团火。

冉冉祥瑞生 / 139

同学会 / 145

绣花锦 / 149

牵手走进童年 / 152

在银丝面上写字的男孩 / 155

大地上最亮的星 / 159

清秀如春草般的女孩在唱，那纷纷扬扬的银杏叶也仿佛在唱。

帮　忙 / 162

爷爷蜜蜂 / 166

深秋，邂逅一盆火 / 169

第四篇
悟·万物中照见自我

拥抱春天 / 174

浓浓的月华，笼罩着我们母女。我们牵着手，月光就仿佛被我们握在了手心。

立 春 / 179

春天的第一枚圆月 / 182

醒 / 186

祝福，小鸟与大树 / 189

早起的奖品 / 193

锦江边的豌豆花 / 196

只一眨眼，我就被自己和这些小白花、小白蝶嬉戏、作伴的童年记忆淹没了。

读千屈菜，读惠特曼 / 199

云中村 / 202

枣树的馈赠 / 205

春天的声音 / 210

只愿我是小鸟 / 212

小无患子的太阳 / 214

她默默地绽放了，独自为世界升起一枚金色暖阳。

亲吻一朵黄从容 / 218

第一篇

真・稚拙地拥抱生活

感谢你温柔的注视

远远地，就看到那个黑衣男孩静静地站在校园的中央大道上，斜侧着身子，半转着脑袋，在低头凝视着什么。

太阳初升，阳光还没有落地，它只打亮了男孩身旁那棵广玉兰的树梢。五月的广玉兰，花开正好。而这棵二十多米高的玉兰树，主干直溜溜的，到了五米开外才分叉，花朵几乎都长在树顶。初阳下，那一朵朵洁白的大花，很像一个个玉碗。碗里盛着朝阳，又变成了一盏盏半透明的灯。灯光白灿灿的，含着点儿淡淡的金红，映得整棵树都熠熠闪出光来。

面对这么美的花树，黑衣男孩照理应往上仰望才对呀！他那么凝静地低头在看什么呢？

我好奇地一步步朝他走了过去。

男孩穿了一身黑，连脚上的球鞋，也是黑的，只有书包上描着几抹淡紫的花纹。远望，是个很冷峻的背影。但越走近他，越感到他像泓温柔的泉。他那向后方微侧的脖子，他那爬满了微笑的侧脸，都带着一种无法言传的柔情。仿佛他正望着刚刚出生的妹妹，或望着他深深暗恋的少女呢！

那地上到底有什么呢，值得男孩用这样的目光去凝望？

哦，我看到了，那地上好像有只黑黑的老鼠。

难道，这男孩居然如此喜爱老鼠？

我瞪着近视的眼睛，一溜小跑，来到男孩身边，这才看清，那在地上蠕动、舔舐着树根的，原来是一只小小的松鼠。这松鼠，即使翘着尾巴，好像也只有男孩拳头那么大。它不似普通的松鼠皮毛是棕色或浅黄的，而是苍青色的。一见之下，我的目光也立马变得跟男孩一样温柔、一样充满了怜爱。

我还很担心，担心这松鼠因为太小，是从树上掉下来的，此刻已无力爬回树上去了，像这校园里的很多幼鹭一样。

我忍不住问："啊，这小松鼠，没受伤吧？"

我其实问得很轻，但我这傻阿姨的问话，竟同时把男孩和松鼠都惊动了。

第十条小鱼

男孩回头用仿佛刚从梦中惊醒的目光望望我,低头再去看他的小松鼠,这时,小松鼠已经哧溜一下蹿上树去了。那么直那么高的树干,它只环绕着它转了几圈,就跳进了广玉兰浓密异常的绿叶。

"太好啦,它根本没受伤!"这回,我忍不住大叫了起来。

男孩有些无奈地笑瞪了我一眼,又抬头使劲追着那小松鼠看了半分钟,这才背着书包朝高一、高二教学楼那边慢慢走去。

他心里一定是嫌我破坏了他和小松鼠那美妙的"约会"时光、独处时光吧。

但我已无暇顾及他的感受啦,我在"追"那只小松鼠!

只见它在广玉兰那宽长、厚实的黛叶间接连进行了好几个三级跳后,居然跃进了一个玉兰花碗,跳进了一盏玉兰花灯。

这碗、这灯,因为突然闯进了一个小松鼠,不禁急遽地晃动起来。洒下一片花瓣,更洒下一阵清香。我一伸手,没接住那悠悠旋下的白花,但我的手掌,却接住了无边的芬芳。这芬芳,还变成一股清风,从我的指尖飞了出去……

哦,才感受到自己指尖的那点温柔,再抬头去看白玉碗里的那个小黑点,去看那透明花盏里的黑色剪影,影子已经飞走了,飞上高高的树冠,飞进更多的花朵的怀抱,不见了……

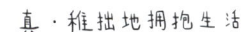

从树上收回目光，静静地站在树下，心里交替涌动着浓浓的柔情和淡淡的惆怅。

这时，我感到，有一股同样的柔情和惆怅像灯光一样射到了我身上。一抬头，却见刚才那男孩正回头默默地望着我身旁的花树。见我注意到他，男孩脸一红，飞快一转身，大踏步朝教学楼那边跑去。

哦，男孩，我替小松鼠感谢你，感谢你如此温柔的注视。

这个清晨，因为有你如此温情脉脉的目光，整个衢州二中，整个世界，都变得如此美好呢！

额头上的奖状

车已到义乌了,同座靠窗的那个小青年,还在不断地朝我额头上瞄来瞄去。前座一个三四岁的小妹妹,则一直扭头笑眯眯地盯着我,她边上的一位蓝衣少女,也笑着回头瞪了我好几眼。

哇,难道刚才猛跑了一通,我竟突然变美啦?

我正在心里默默寻思着自己变得如此富有魅力的原因,一位大姑娘拉着个巨大的拉杆箱来到了我身边:"大姐,请让一下,你里边那个座位是我的!"

我应声站了起来,她看着我,忽然"嘎"地喷出了一串笑声。

"你……你的额头……"她一边笑,一边指着我的额头。

"我额头怎么啦?"都到了这时候,我还没弄明白自己到底

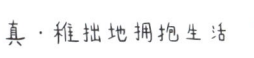

为何如此惹人注意呢!不过,我用手一摸额头,碰到了两张小小的粘粘纸,马上就恍然大悟了——原来,我额头上还贴着小恒恒给我的奖品——两张笑脸形状的小奖状哦!

刚才上车差点迟到,真正是十二万分的紧急,我又跑又跳,连滚带爬,一冲进车厢,火车就开了,所以从诸暨乘到义乌,我一颗心还在咚咚乱跳,我已压根儿把自己额头上的这两张黄色的小贴纸遗忘了。那么多人瞅着我看个不停,竟都没有"点"醒我这梦中人呢!

今天,我去诸暨小橘灯教育机构讲课,不仅有幸遇到了《少年文艺》的前主编、我的恩师任哥舒先生,遇到了好多热心的读者和家长,还遇到了一位可爱的"护花使者"——周靖恒小朋友,浙江省青少年作家协会宣妙老师的儿子。

别看小恒恒才四周岁,但他今天随妈妈来接我时,先是热情地为我"唱"了欢迎词:"欢迎毛芦芦老师来诸暨,欢迎毛芦芦老师来诸暨。"接着,他又很绅士地为我开车门,吃饭时,还为我引路、给我倒水、跟我比赛看谁吃得快——

第十条小鱼

当然,他得了冠军!

下午,他更是静静地听了我一个多小时的讲座。本来,妈妈怕他坐不住,担心他会在现场用他高亢的"海豚音"尖叫起来。没想到,他听课时,还不断地冲着我笑,不断地用甜蜜的微笑鼓励我哪!

下课了,小恒恒和妈妈在送我来车站的路上,突然拿出一张沾满小笑脸的黄贴纸,先撕下一个"笑脸",贴在妈妈额头上,奖励她开车好、烧饭好,什么都能干,然后,又撕下一个小笑脸,粘在我额头上,奖励我"讲话好"。一会儿后,他又给我和他妈妈各补贴了一个"笑脸",奖励我们温柔得像花儿一样!

你说,如此一个小绅士,如此一个护花使者送我的"奖状"我怎么舍得揭下呢?

后来上车太急,我一路狂奔,竟紧张得完全把自己额头上有奖状这事遗忘了……

此刻,虽然经别人提醒,我又摸到了它们,想起了它们,但我还是没舍得把它们撕下来。我想,就让我头顶着小恒恒奖励给我的这颗最纯净、最天真、最灿烂的童心,回家去,让我的孩子看一看她妈妈今日得到的这格外珍贵的奖状吧。

39只小纸鹤

阳光在窗外，挂了道晶莹闪亮、硕大无朋的帘子。帘子上，绣着火红的石榴花、粉红的夹竹桃、洁白的广玉兰。我在窗内，开了太阳能的热水，仿佛撩了把阳光丝帘的流苏，刷刷刷，使劲冲涮着锅碗瓢盆，想把厨房弄得跟窗外的花儿一样洁净秀丽。

突然，我身后传来了女儿小红枣那脆甜脆甜的声音："妈妈，快闭上眼睛！"

哦，这小丫头，又想出什么别出心裁的玩法啦？

我微笑着闭上眼睛。

"快，把你的手给我！"

我又依言伸出一双湿漉漉的手。

第十条小鱼

"给你!母亲节快乐哦!"小红枣笑嚷着,把两样东西塞进了我手里,"现在,你可以睁开眼睛啦!"

原来,是一只开着白色满天星的绿色小铁盒,盒盖是白色的,上面撒满了七彩小野花,还有翅翼颤颤的蝴蝶和蜻蜓。

"真漂亮!"我惊叹。

再去看另一只手里的东西——那是巴掌大小的一个本子,蓝底,黑白熊猫图案,熊猫脑门上还长了棵绿色小芽,超可爱。翻开第一页,只见小红枣在上面画了飞舞的花朵、飘飘的缎带和甜蜜的笑脸,写了英文贺词:"Happy Mother's Day!"

"谢谢宝贝!我好幸福!"我搂过小红枣,用激动的老脸使劲贴了贴她的小脸。然后把她推出厨房说:"看书去吧,我这里一会儿就完工了。"

"我,我想帮你哦!"小红枣说着,倚在门口不肯走。

"我一个人干才有条理呢,你还是去看《笑傲江湖》吧!"

女儿最近迷上了金庸。我知道说这个准能推开她。果真,她走了。

我跑到书房,把女儿送的两件礼物放在电脑桌上,又返回厨房,继续自己的清洁工作。

不一会儿,厨房就给我整理得像花儿一样清新可爱了,但

烧饭做菜的时间又到了。饭后，又换洗了家里的几床被子，又整理了一堆冬季的衣裤，又……

总之，直到夜深人静女儿睡着了，我才安娴地在电脑桌前坐下来，默默地摩挲着她送的两件礼物，并把那小铁盒打开了。

哇，里面居然有满满一盒子小纸鹤！

那么多的小纸鹤，有大有小，有胖有瘦，有红有白，有绿有黄，有展翅翱翔的，有合羽休息的，有向天长啸的，有低头沉思的……它们突然一齐涌到我面前，挤进我心坎，我眼一热，泪水不禁夺眶而出。

我一只一只把那些小纸鹤请出铁盒，摆在桌上，数了数——有39只。39，不正是女儿在学校里的学号吗？

可是，这39只小纸鹤，女儿是在什么时候折起来的？我怎么一点儿也不知道啊！我甚至不知道她还会折这么精致的小玩意呢！

再看那些小纸鹤的纸质，有包装礼物的小花纸，有作业本的条纹纸，有七彩的硬卡纸，也有亮亮的小油纸。可见，这根本不是在某一天、某一地折起来的。一定是女儿偷偷为我学了这门"手艺"，偷偷为我折了很长时间了。无论是在家里，还是在学校里，或是在春游的路上，在同学的生日会上，只要一有空，女儿的小

第十条小鱼

手就有可能在那里轻轻翻舞着一片片彩纸,折着一只又一只小纸鹤,直到装满了一盒子……

哦,这每一只小纸鹤上,可都叠满了女儿对我的爱呀!

手儿颤颤地抚摸着这些爱的化身,泪眼蒙眬中,我发现,有不少纸鹤的翅膀上还写着字呢!

抹掉泪水,仔细把那些写着字的小纸鹤找出来,数了数,一共是十只,分别写了这样十个祝语:快乐、开心、幸福、健康、长寿、美丽、发财、好运、成功、一帆风顺。

对了,女儿把我平时很少祈求的发财和长寿也一起送给我了。

望着女儿那娟秀又工整的字迹,我刚刚抹净的泪水,又涌了出来。

虽然夜已深了,世界一片黑暗,可有了女儿送我的这些爱的小纸鹤,我的心中,分明挂着晶莹闪亮、硕大无朋的阳光的帘子,帘子上,绣满了火红的石榴花、粉红的夹竹桃和洁白的广玉兰,永不陨落,永不褪色,永不凋谢!

幸福的"小贩"

"娜妮,你货进得太多了!"

"来来来,我帮你捡一下!"

"要过年了,小心点,娜妮!"

当我车后那一大扎"货物"轰然倒地的时候,我真没想到会有那么多热心人围上来帮助我。那一刻,谁都把我看成了一个小商贩。因为我电动车的前座上有两个大彩盒,后座上还有一大捆。我的绒线帽扣住了额头,脖子上又鼓鼓囊囊围了好几圈围巾,我的灰蓝色棉袄袖子上还补了只绿蝴蝶的补丁,裤子也皱皱巴巴的。我那样子跟老旧的电动车很配,跟古老的钟楼和北门街更配,我就像个落后于时代、为生活苦苦挣扎的小女子……

第十条小鱼

所以，见我的"货"不幸断了绳子，从车后座上啪啦啦摔下来，摔在钟楼下的北门街口，有好几个大叔大伯都跑来帮我了。我也不分辨，只是感激地连声向他们道谢。这时，有位大姐从街旁的一家"姐妹"饭店里跑出来问我："你要袋子吗？看你的货都散开了，我给你一个袋子吧！""好啊，谢谢大姐！"我高兴地答应了，心顿时一热，感觉北门老街上的晚风一下子弱了七分。

看大姐转身又跑回了店里，我暗暗思忖："她难道有这么大的塑料袋吗？"没想到，大姐还真有，那是一只装米用的格外结实的大袋子。

"啊，太好啦！谢谢，谢谢，谢谢！"我没想到她会送我这么好的袋子，激动得连连道谢。

"不用谢，不用谢，快点把货运回家去吧！时候不早啦！天这么冷，早点回去吃晚饭！"大姐笑着冲我挥挥手，又转身跑回店里去干活了。

一盒一盒又一盒，我将散落的整整十盒"货物"放进了那个巨大的米袋，又在一位好心大叔的帮助下，将袋子扎得紧紧的，绑在了车后座上，然后微笑着跨上车，慢慢碾过那一街温暖的青石板、白石板，踏上了回家的路……

一路上，无论见了谁，我都冲他们甜甜微笑着，弄得好多人

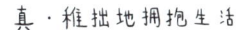

也冲我乱笑。哈！今天，我这个"小贩"，真是大赚了一笔啊！

其实，我车前车后那大大小小十二盒东西，都是电子鞭炮，都是我的"发小"菊仙送的，是她进的时髦却不畅销的货物。这东西一插上电，不仅有噼里啪啦的鞭炮声传出，有祝福歌响起，还有彩灯不断地闪烁。因为我弟弟新买了排屋，菊仙要送他一些喜庆的礼物，刚才我又恰好路过她门口，于是被她抓了差。当然，这么多盒中，也有菊仙送我的，还有托我送给其他好友的——嘿嘿，结果我就被别人误会成进货的小商贩了。

不过，我太乐意被人这样误会啦，因为今天我不仅赚到了菊仙的友谊，而且还赚到了那么多人的善良，赚到了自己满心的幸福滋味。

注：娜妮，衢州方言，女孩之意。因为我个子矮小，常被人这么叫。

一罐错汤

今天,我这"老毛驴"又闹笑话了。

因为最近都在外跑来跑去的,我患了重感冒。昨天还能勉强支撑,今早就完全躺倒了。睡得迷迷糊糊间,好友梅打来电话,说她给我买了点早饭,粽子什么的,放在门口传达室里。

虽然婆婆已为我烧了萝卜粥,我还是头重脚轻地起床,去传达室拿梅的礼物。当时,有两个保安在,他们都认识我的。我一说来拿东西,其中一个保安就热情地指着窗边搁架上的一个纸袋说:"是这个吗?"我凑近那袋子一看,哇,里边竟是个被层层塑料袋包裹着的烫乎乎的小汤罐,边上还有一包菊花冰糖。我心里一阵激动,忙说:"是的,是的,是好朋友送给我的早饭!"很快,我就提着那个通体散发着友谊光芒的漂亮纸袋回家了。

"还说是粽子,梅可跟我开了个大玩笑啊!"一到家,我就急切地从纸袋里掏出汤罐,想看看里面到底热的是什么粥。可撕开一层层的塑料纸一看,里面却是一罐红红的参汤。对了,在菊花冰糖下面,还有个小塑料盒,盒子里还装着一些切好的参片呢!

心一下子就被那罐汤,被那些东西煮沸了。拿起汤勺,舀了一大勺汤送进嘴里,婆婆却拦住我说:"你今天这么虚,能喝这汤吗?""好朋友的一片心意,就是毒药我也喝了!"我一边回答婆婆大人,一边喝汤,一边给梅发了个感谢短信。梅一下子没回我。我就继续喝汤,直到喝了半罐,再也喝不下了,才去沙发边拢着手烤电炉。

大约一刻钟后,门口有人嘭嘭地敲门。开门一看,只见一个保安站在门口,着急地说:"毛老师,刚才你拿错东西啦!东西是我接下的,你刚才去拿时,我不在!"

啊,拿错啦?我心里正在打咯噔,偏偏梅的短信也来了:"你一定拿错了,我根本没放汤罐在那儿呀!"

天哪,真拿错啦!可我已经错喝了人家的半罐参汤,怎么办?

我手忙脚乱抓了一个钱包,拎着刚才的纸袋,去门口跟人道歉,心想就赔点钱给人家吧。

结果那参汤主人已经走了,不过,留下了电话号码……接我

第十条小鱼

电话的是个比较温和的男声，不大听得出年龄。我忙诚惶诚恐地连声跟他道歉，说是我错拿了他的东西，汤也喝了一半，说我就赔他一些钱吧。

本来，我以为对方即使不要赔偿，至少也会埋怨我几句，说我糊涂、粗心、马大哈什么的，没想到，他的语气非常平静，说喝错就算了，你把其他东西和汤罐放在传达室就行了，一点汤水而已，不必赔……

啊，做了一次错事，却遇到了一个很对路的人。虽然我压根儿不知他的姓名、长相、年龄，但内心还是感到很幸福；虽然一天都在剧烈咳嗽，脑袋始终都迷迷糊糊的，文友王一梅来了衢州，也不能去陪她吃晚饭，但此刻，夜都深了，想起早上的"早餐事件"，内心仍然暖洋洋的。

看来，生病也有生病的好处啊！不然，就不可能闹出这个笑话，不可能遇到这么个陌生又宽容的"参汤君子"啦！

意外的红辣椒

本来,那是一盆花,一盆君子兰。

这株君子兰,我整整养了六年!那时刚买了世通华庭的房子,孩子却还在南区新世纪小学读四年级,所以新房空了三年,我们才搬过来住。这三年里,唯有阳台上的这盆君子兰独守着空房。虽然很寂寞,可君子兰却轰轰烈烈开了三次花。因为屋子整天锁着,我最多一周来给它浇水时欣赏它一眼,所以,每次看到君子兰花,我都要对它说声抱歉。让那么灿烂的花如此孤单地待着,我觉得实在是太对不起它了。

后来,孩子来华茂外国语学校读初中了,我们终于搬了家,我就天天守着这盆君子兰,只想等它开了花,好好陪陪那花。可是，它却一直没有再含苞。我盼了一年又一年，孩子都读高一了，它依然没有再度开放的迹象。而且，今年暑假它的根茎还霉烂了，最后，我不得不拔掉了它。

心痛得无法言说之际，却见那花盆里，已悄悄长出株小草。我没有把这草清理掉，但也没有去管它。不久，我还把这花盆搬到了楼梯转角的窗边，和一些吊兰放在一起。

没想到，那君子兰花盆里的小草，竟借着我给吊兰浇水时溅到的几滴水珠，慢慢长大了——长成了辣椒秧的模样，又慢慢长成了一棵小小的辣椒树。我很惊奇，因为家里谁也没有往那盆里撒过辣椒籽啊！这棵小辣椒树，完全是个奇迹！

不知不觉的，我对这"奇迹"的爱，就超过了那些小吊兰。而那一尺多高的小植株也没有辜负我的一片深情厚谊，居然结果了——结了两个小辣椒。俩辣椒从小到大，从青到红，我几乎每隔两天就会去观望一番，怎么也舍不得将它俩摘下来炒菜吃。

入冬后，辣椒树已完全枯萎了，我还是舍不得将那俩辣椒摘下，直到昨天早晨，我发现有个辣椒的蒂部已开始发霉，另一个

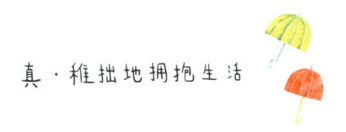

中间部位已被虫蛀了，我才下定决心去摘辣椒。当我的手抓住那株枯萎的辣椒树时，奇迹再次出现了。因为我发现有两根辣椒枝垂到了花盆临窗的那一面，我把它拽上来一看，那两根细枝上，竟然长着两个通红通红且毫无瑕疵的辣椒。哈，就这样，我得到了四个红辣椒！

在我眼里，它们也是花，而且是最美的花。我总觉得，它们是君子兰转世投的胎呢！

怎么也看不够它们，怎么也舍不得吃它们。可孩子放学回家后对我说："妈妈，这辣椒你放在这里总会烂掉的，这样岂不是辜负了它们作为辣椒的价值？岂不是辜负了它们的一片心意？"

于是，今天中午我用两个炒了豆腐干加肉片，炒了马铃薯；晚上我用了另两个，炒了萝卜加牛肉，炒了四季豆。它们都不怎么辣，但有了它们，今天平平常常的菜肴变得格外美，孩子和夫君也吃得格外香！

哦，意外的红辣椒，多么感谢你们，给我的生活带来如此巨大的惊喜！给我的生命留下如此温馨的记忆！

第十条小鱼

"这……妈妈,我有点儿怕!"面对塑料袋里最后的一条小鱼,女儿怯怯地伸出手来,又马上缩了回去。

"你是给它自由给它生命呀,怕什么?总共十条鱼,你不能让我一个人全放了吧!"我鼓励女儿。

"好吧……"女儿再次伸出手来,不过,她先把手探入冰冷的江水里浸了浸,仿佛是为那小鱼试一下水温呢,然后才将纤细的手指伸进塑料袋,将那条最小也最活泼的小鲫鱼捞出来,笑着看了它一眼,再将它轻轻往水里一扔。哦,这条小鱼一入水,脑袋居然笔直地朝下方钻去,小尾巴旗子般摇了几摇,马上就不见了踪影。

"啊呀,它游得比前面那些都快呀!"女儿看着幽蓝的江水,

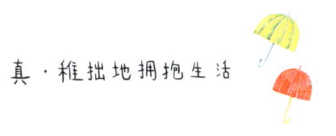

欢欣地笑了。我看着女儿的笑，也欢欣地笑了。

今天是元宵节，一大早，我们娘俩就去衢江边散步了。经过信安阁时，我看到平时在那儿卖鱼的大姐也在。一个白色泡沫箱里装着江水，水里有一群苍青色的小鲫鱼游得好不灵活。当时，我就起了怜悯之心，想，要是买下它们放回江里去，它们该多开心。不过，我只是想想而已，依然脚不停蹄地往前走。走到浮石潭边，恰好看到一群女子在放生她们从菜市场买来的大鲫鱼、大鳗鱼、红鲤鱼。

"她们真善良！妈妈，你说这些鱼能活吗？"女儿夸着那些阿姨，又如此问我。

"我也不知道，她们买的大鱼，大多是人工喂养的，不知道这样的鱼到了江里，能不能适应野生的环境。"

"也是啊，我看过一则新闻，说在某海边，放生鱼被海浪打破了身子，反而死得更可怜呢！"

"唉，放生鱼的人，也都是好心啊！虽然有些人是为了求得佛的保佑，算是有求于鱼！"我叹息着，突然想到了信安阁边的鱼，便对女儿说："不如我们将信安阁下的鱼买了放生吧！它们都是刚从江里捕上来的，放回去一定能活，我们也只求它们能活着……"

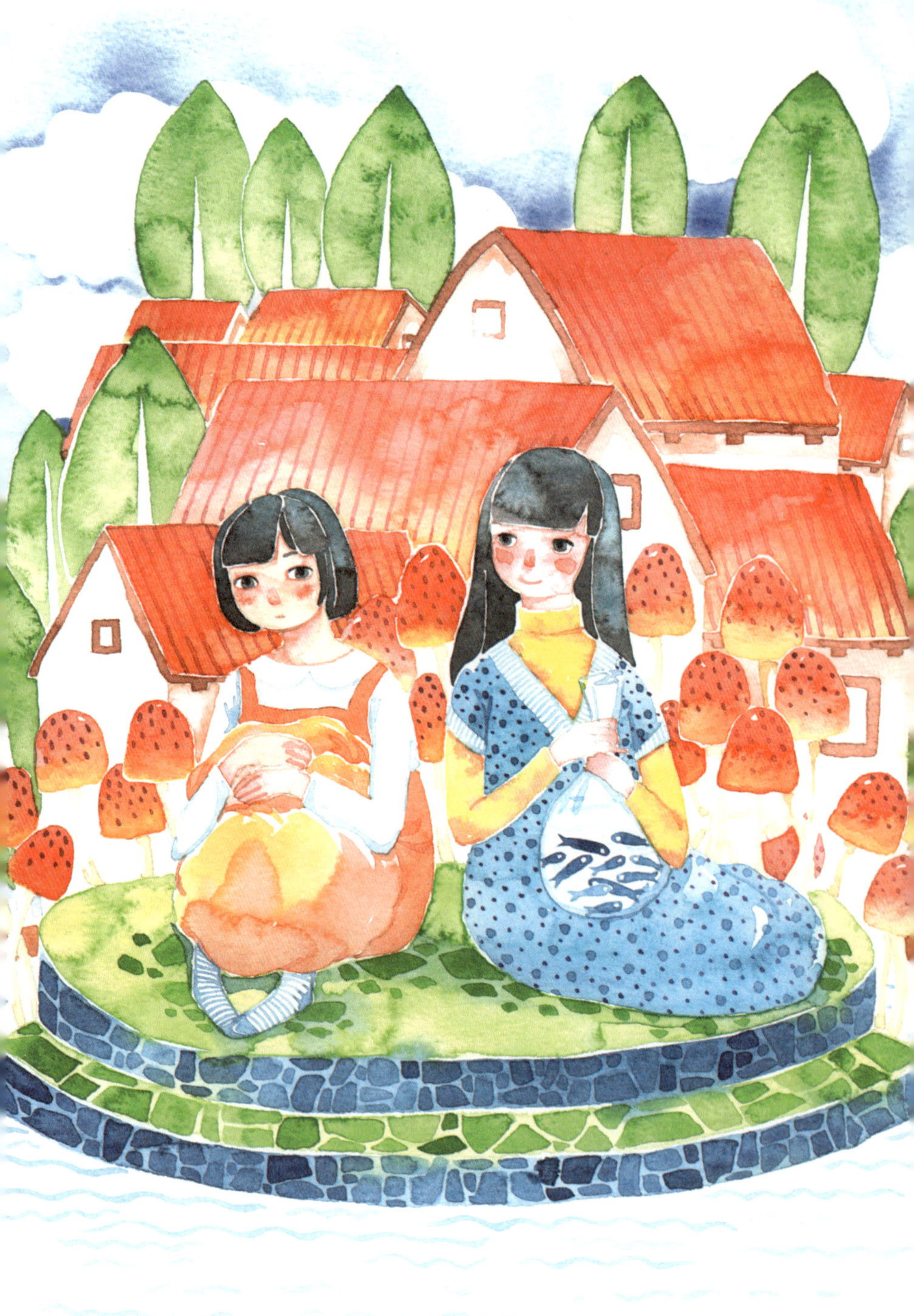

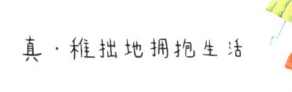

"当然好啦！"女儿拍着手轻跳着回应我。

于是，我们转身返回信安阁，将那渔民大姐泡沫箱中的十条鱼全买了。鱼小，十条鱼，也只花了十二元钱。

"我们不能让阿姨看见我们放鱼，她和她老公半夜辛辛苦苦打来的鱼被放了，她也许会伤心的。"女儿亦步亦趋跟着我手中的鱼袋子，顺着信安阁前的台阶下到水边，悄悄跟我建议。

"好啊！"我们就溯着衢江往书院新桥这边走。近水石板路上，有不少散步的人。怕我们母女成为别人眼中的"焦点"，我们一直往前走了好远，才找到一个空无一人的小埠头。

"好了，送鱼儿回家喽！"女儿随我蹲在浪花轻漾的石阶上，对着鱼袋子开心地喊了起来。

"你放吧！"我将鱼袋子递给她。她却连连摆着手说："妈妈，还是你来做大善人好啦！"

我将鱼一条条地放归衢江，第一条鱼被送回江里的时候，它好像不相信自己有那么好的运气，一直迟疑地在石阶边缓缓游动了好一会儿，才慢慢钻进深水。后边的几条，反应都比第一条敏捷，有的侧游，有的前蹿，有的哗啦返个身子，有的似乎还礼貌地朝我们点点头，再扎个猛子游开。

看着那些鱼儿重新畅游于它们的江河，女儿笑得眯起眼睛，

第十条小鱼

差点没将身子探下江去。

"还剩最后一条了,你来吧!"我要女儿把第十条鱼放了。她却不由自主地朝后退了一步,身子像练舞蹈基本功那样竭力后仰着,连连冲我喊"NO"。我家这个青春期的敏感少女,就是面对那条两指宽的小鱼,也感到害羞和不安呢!最后,在我的再三动员下,第十条小鱼总算被女儿轻轻放回了衢江!

十条鱼儿全部游走了。江面上一平如镜,仿佛那些小鱼从来就没有去岸上经历过一回生死大冒险似的。但我们娘儿俩知道,从此,当我们望着这片江面的时候,江里,已经有了我们的小鱼,有了我们特别的元宵节故事。

家里添了个"陌生人"

早上一走进教室,有位我很喜欢的女生就跑过来,悄悄对我说:"毛老师,最近我很烦,因为我妈生了个小妹妹,她要抢我东西的!"

"妹妹才出生,那么小,就能跟你抢东西啦?"我不信地问。

"抢我父母的爱呀!最近爸爸妈妈都没精力管我啦!"女孩低下头,一副忧愁无限的样子。

"等你长大了,就知道有妹妹的好处了,除了父母,这世界上跟你最亲的人就是你妹妹啦!你要好好爱护你的小妹妹哦!"我说着,捋了捋女孩的短发。女孩点点头,不过还是一副愁眉苦脸的样子,小小的眼睛一直耷拉着,低着头,看着自己的脚尖,一步一步地离开了我。

看着她瘦瘦的微弓的背影,我又心疼又感慨。这孩子,模样看去像极了一个男孩,头发也总是剃成短短的锅盖头,穿衣风格也很中性,以至于她在我的"春篱"作文班读了一个多学期,我才知道她原来是个女孩。就是这样一个"假小子",感情却非常细腻,文学感悟力很好,写作颇有天分。

没想到,最近,她却被她刚出生的妹妹"打倒"了,以为妹妹抢去了父母给她的爱。

唉,这位小姐姐的失落之情,也许要等到妹妹会喊她姐姐,会嘀咕嘀咕地跟她说话时,才会被一种做姐姐的自豪和欣喜之情取代吧!

而男孩鄢中行,今天却给了我无限的惊喜。同样,他的母亲最近也给他添了个小妹妹。在作文里,他居然很幽默地把妹妹喊做了"小陌生人"。

他如此写道——母亲张开了那苍白的嘴唇:"儿子,你要认识一位陌生人!"我走过去一看,被窝里躺着一个稚嫩的小生命,一个小家碧玉的小女孩正在贪婪地吸食着妈妈的乳汁。我与她素不相识,却有一股熟悉的感觉,使我与她心心相印。她那小小的、西瓜子似的小眼睛看着我,好一个精致的小娃娃,眉毛仿

佛画过一般，流露着一股气质与魅力……母亲笑笑说："怎么，你果真不认识她吧？不过，你一定会很感慨，她可是你嫡亲的小妹妹啊！"我乐得嘴都合不上，这下不会无聊了，这么一个小陌生人，给了我多么巨大的快乐呀！

读着小中行的文字，我内心也有了巨大的快乐，觉得天地一下子宽广、温暖了许多。

我想喊住他，夸他几句，可那男孩匆匆跑走了："我要去医院看我妹妹啦！她是农历十五生的，在我们老家，'十五娜'可是最吉祥的女孩啊！"听男孩骄傲无比地丢给我这句话，我开心地笑了！我想，经过三四天的相处，他那个眉毛如画的小家碧玉似的妹妹，一定不再是他眼中的陌生人了吧！

其实，能有个妹妹，是多幸福的事啊！无论你是小姐姐还是小哥哥，都请珍爱你的小妹妹！要是你妈妈给你添了个陌生的小弟弟，也请你一样欢迎他的到来哦！

爸爸的"赤兔马"

去年底,孩子她爸买了一辆"宝马"车,它的颜色是勃艮第红色的。

我们家爸爸对那车几乎是一见钟情,因为那颜色和那车的品名,都让他一下子联想到了关羽的赤兔马,一下子牵动了他的英雄情结。

可是,"赤兔马"牵回来后,爸爸却很少"骑"它。他还是喜欢走路或骑公共自行车去上班,觉得这样更环保,而且能健身。赤兔马不幸,竟然从一开始,就成了一匹闲散的马儿,被爸爸"养"在了离我们小区很近的一个停车场上,我们只偶尔会在晚饭后去看它一眼。

一天傍晚，我发现"赤兔马"背上驮着一件小棉袄。

"这是谁丢下的呢？"我正这么寻思，爸爸却笑了："一件小孩的衣服呢！这车想必是孩子们玩游戏时的一个大玩具呀！"

爸爸话音未落，有四五个男孩果然呼啸着从远处冲了过来，跑到"赤兔马"身边，有个额头跑得汗津津的男孩飞快脱下身上的棉衣，"嗖"一下就扔到了"马"背上。

"看，看，又来了一件！"爸爸欢喜得几乎拍起了手，在为那些孩子热忱奔跑的脚步鼓掌，也在为他的闲马终于有了点用途而鼓掌。

总之，从那天以后，他每晚散步，几乎都会带着我去那停车场溜达一圈了。

而随着天气的转暖，来这停车场散步的老人、中年人已越来越多。更多的还是孩子。那些孩子，从亲亲书院、渔民新村、伊甸园等小区一个个地跑过来，

第十条小鱼

自发把这个停车场变成了一个儿童乐园。

"看,今天有一群小孩在围着它捉迷藏!"

"看,今天有辆小小的自行车停在了它身边!"

"哎呀,今天怎么还有个小绒兔被扔在了它脚边?"

在"赤兔马"身旁,爸爸几乎每一天都会有他惊喜的小发现。

记得我的好朋友、责任编辑叶显林先生来衢时,曾跟我说过:"小红枣爸爸要是写童话,肯定会比你更出色,因为他比你更纯粹,更有童心!"

如今,一匹闲散的"赤兔马",果然照出了他那雪亮的童心。

今天傍晚,当我们在那"赤兔马"身边溜达时,有个黝黑结实的四五岁男孩,咔哒咔哒骑着一辆小三轮自行车从我们身边猛然冲了过去。男孩脚下踩得很用力,可是,一边骑,一边却在扭着头频频地回顾。

"小朋友,骑车要好好看着前面,你这样扭着头骑车多不安全啊!"我冲那男孩唠叨道。

"哈,肯定有小伙伴在追他!"爸爸一见那男孩,却立刻兴奋地冲他喊道,"加油,加油,别让你的朋友追上你!"

男孩对我的唠叨置若罔闻,却冲我们家爸爸笑了笑,小屁股高高抬了起来,脚下狠命一蹬,车子一下子就飞快地窜向前去。

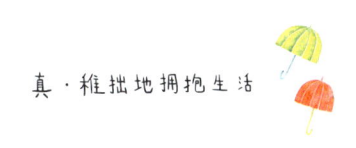

"好!"爸爸情不自禁地喊道。

没想到,就在他这个"好"刚刚落地之时,有个穿粉红裙子、骑粉红自行车,有着粉红脸蛋、漆黑双眸的小女孩,唰地就驱车从那"好"字上碾了过去。

哇,她头上扎着两个小抓髻,她那小而灵动的背影,她那尖俏的下巴和光闪闪的眼睛,都像极了我们女儿小时候的模样!

看着那女孩咔哒咔哒地骑远了,我怔了老半天没做声,心里涌动着无限感慨的潮。

爸爸则笑着朝前紧跑了几步,想去追那女孩,可跑了十几米后,又停了下来——他也知道,女儿的童年是追不回来了。

不过,能看着那么多的童年,在我们的"赤兔马"身边奔跑、追逐、跳跃、欢笑、高歌,我们还是很开心很开心!

爸爸的"赤兔马",果然,是一匹可爱的良驹!

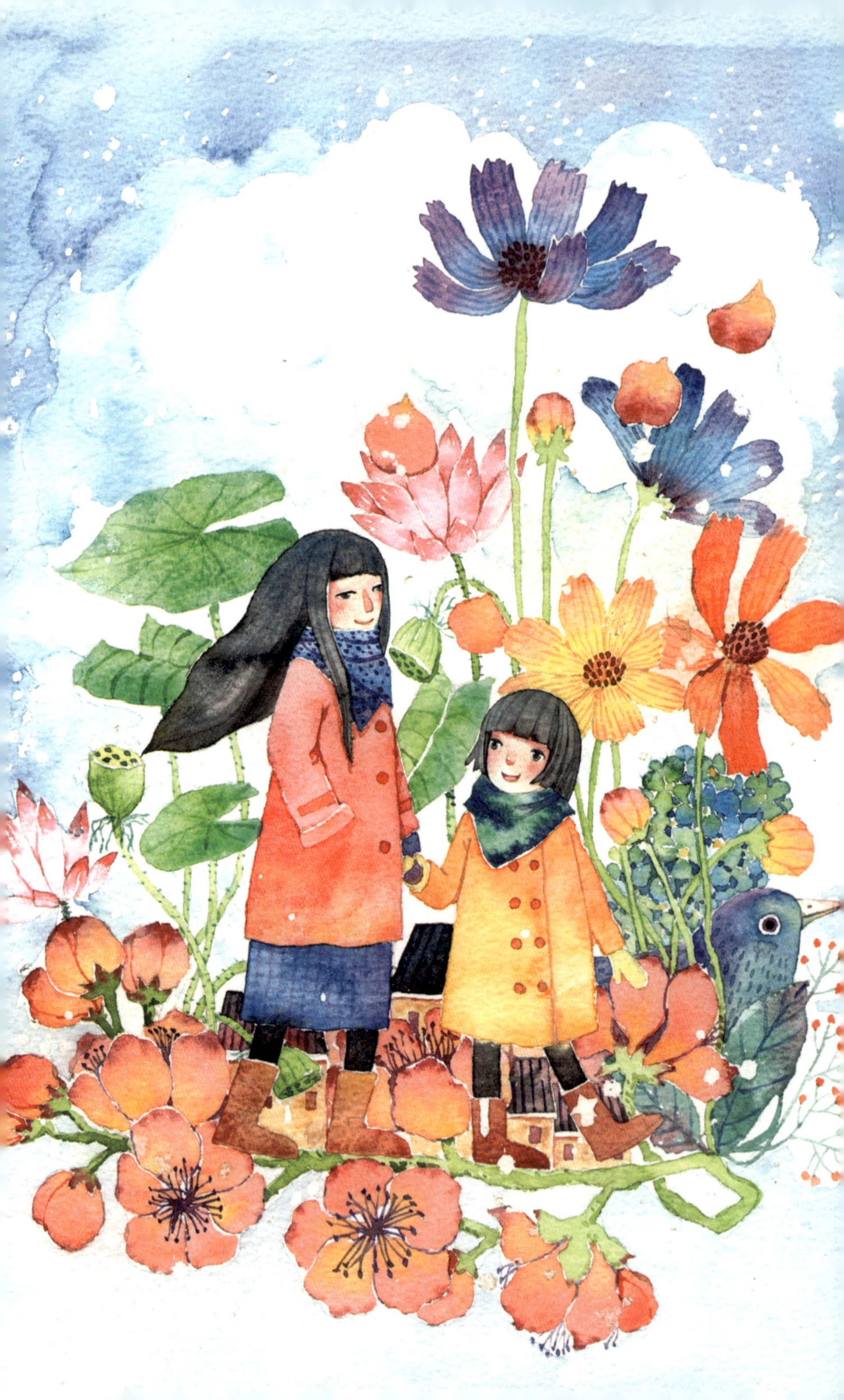

飞花令

傍晚,和女儿牵手散步江畔,一阵长风吹过,竟有无数红梅花瓣飞了起来,依依地飘上了我们的肩头。女儿从自己衣袖上拈起一片梅花,眼睛盯着它,对我说道:"妈妈,我们来玩飞花令吧!就是你说一个词,我们来接这个词的古诗词。"

"这我可不敢玩,我本来还记得几首古诗,可一想到要跟你比赛,脑袋马上就空了,你也不是不知道,你妈有多笨!"

"不,妈妈,你哪里笨啦?!你就陪我玩一会儿嘛,你随便出一个词就行,我会让让你的啦!"女儿冲我撒娇,我只好点点头,指着她手上的梅瓣说:"那就'花'吧!"

"好,人间四月芳菲尽,山寺桃花始盛开。"女儿张口即来。我却想了好一会儿才说:"忽如一夜春风来,千树万树梨花开。"

"不错不错!"女儿一边夸我,一边接道,"接天莲叶无穷碧,映日荷花别样红。""宝剑锋从磨砺出,梅花香自苦寒来!"我总算及时应对了一句。

"哈,小熊,你很棒哦!"女儿笑着拍拍我的肩,又麻利地说道,"夜来风雨声,花落知多少。"说完,女儿静静望着我。我却什么也想不起来了。每次总是这样,无论是跟她比赛说姓氏,还是说成语,两三局之后,我的脑袋就空了。很奇怪,我平时不会如此无知的,但只要一和女儿或夫君比赛做文字游戏,我总是不出五分钟就"挂"了。

"哈哈哈,我想不起来了,什么也想不起来了!"我大笑。

"啊呀,你就是不如爸爸认真,爸爸要是暂时想不起来,会积极地回忆,最后总会把游戏继续进行下去的,而你每次一遇到困难,马上就打哈哈,敲退堂鼓,没意思!"女儿严肃地向我抗议。我还笑:"你爸爸的理想,就是诗酒趁年华,就是诗词相伴,剑棋为伍啊!""那你还是所谓的著名儿童文学作家呢!"女儿打蛇打到了我的七寸。我只好认真地思索了起来,果然,被我想起了不少:感时花溅泪,恨别鸟惊心;人闲桂花落,夜静春山空;无可奈何花落去,似曾相识燕归来……

见自己对老妈"教育"成功,小红枣高兴了。一高兴,思路

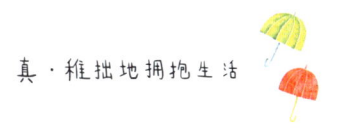

更是畅通，一大堆"花"纷纷从她嘴里飞了出来，像李清照的藕花、黄花，辛弃疾的稻花，杜牧的杏花，崔护的桃花，杨万里的菜花，李白的燕山雪花，等等……

最后，我忍不住惊叹："这么多诗词，你是怎么背会的呀，而且还能这么快速地想起来？"

确实，小红枣读书一直让我很省心，我几乎从她小学三年级起就没怎么管过她的作业了，真不知道她还能背这么多古诗词呢！

本来，我还以为她是最近跟她爸一起看他们爱看的"诗词大会"时学的，可女儿回了一句我怎么也没想到的话。她说："我都是学语文时学的，你可千万别小看现在的应试教育哦！"

哈，我家里的这个小诗人，原来是语文老师教出来的。

向她从小学到高一的每一位语文老师致敬！用最美的"飞花令"致敬！

我们家的诗词大会

中国诗词大会第二季,一个十六岁的美丽女孩武亦姝胜出了,我激动不已,也感慨万千。

让我感慨万千的,还有我的先生——我孩子她爸,十个晚上的比赛,他这位精通英语、做化工外贸生意的"理科男"全程都在追着看。每天晚上不到八点,他就会笃定地坐在客厅的沙发上,轻轻抖动着他的一双大长腿,静静地守着电视机。那时,我和女儿一般都在书房各忙各的文稿和作业。忙着忙着,客厅里就会响起一串拖长了音调的呼喊:"诗词大会开始了!诗词大会开始了!"

喊声喜滋滋的,就像喊话的那个人,是一棵经历了无涯无际

的等待终于等来了春天的落叶树,哦,他的声音发了芽,又开了花,飘进我的耳朵,已经一片芬芳和甜蜜。

"来了,来了!"我会忙不迭地答应孩子她爸的呼唤。但我的女儿小红枣,一般还要抓紧时间再做一道寒假作业,直到她爸爸反复冲她喊:"诗词大会开始了!诗词大会真的开始了!"喊得花儿仿佛都要谢了,才会从书房轻捷地窜出来,跳进我们身边的沙发,与我们一起共享一个最甘美的诗词之夜!

这时,我的膝盖上往往还搁着一个小电脑,会一边听诗词大赛,一边做些无关紧要的整理照片之类的活计。但女儿和她爸爸就看得无限投入了,他俩往往会偎依在一起,冲着电视里的那些诗词达人,一起惊呼,一起欢笑,一起着急,一起惋惜。当然,他俩更会在观看诗词大赛的时候,与那些参赛选手一起答题。在这些晚上,古典诗词一直如春雨,在我们家客厅里沙沙而下,催开了无数颗欢悦的心芽,催开了无数朵璀璨的心花。

正月初头,本来有很多拜年、回年的繁文缛节需要我们一一去面对,但基本上都被我们刻意避开了。有一晚,在大舅家吃了一顿晚饭后,又去好友小华家吃第二顿,结果,孩子她爸就着急得有点失魂落魄了。他一边与好朋友们说说笑笑,一边却不知朝小华家的电视偷瞄了几眼,弄得我也心神不宁的,及至后来

第十条小鱼

以跑步的速度冲回家，终于续上了他的诗词梦，我为他提了小半晚的心才放下来……

最近的这十来天里，一家人除了每晚都会齐攒攒地围在电视旁享受诗词大宴外，我们白日里的所有时光也被诗词镶上了格外美好的光环。比如早上刚起床，孩子她爸就会像孩子憧憬压岁包那样憧憬着晚上的诗词大会，说："今晚也有的哦！"傍晚散步时，古诗词也是我们一家唯一的话题，他们父女和我一起走在江滨，总在不厌其烦地玩"飞花令"的游戏。

我在三人中记忆力是最差的，反应也最慢，所以往往只能给他俩当裁判。"花"字令，"春"字令，"月"字令，"水"字令，"舟"字令，等等，都被他们玩过了。无论玩哪个字的"飞花令"，女儿总是比她爸爸机敏些、流畅些，仿佛那一句句诗词就藏在她舌头底下似的。但是，做爸爸的也有两个优点，一是对毛泽东诗词很熟，一是无比坚韧。遇到他卡壳的时候，他会使劲去想，有时还用唱歌的方式，从歌词里去寻觅有用的题材。

看着清癯挺拔的爸爸，嘴巴一开一合走在春寒料峭的江边，一脸严肃地小声唱着《三国演义》《水浒》《红楼梦》等影视剧里的插曲，苦苦思索着他的答案，我和女儿都会忍不住大笑起来。这个坚韧的男人，无论我们怎么笑他，就是不愿轻易服输。所以，

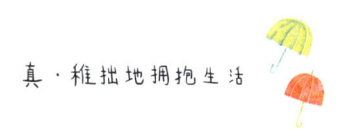

暗地里，我们也在大赞他的这种"小强"精神。

前天诗词大会上的"山"字"飞花令"，在前一晚就被我女儿猜到了。前晚我参加了石梁中学老同事的聚会，蛮晚才回家。一打开家门，沙发上那对最亲爱的人就一起冲我喊了起来："我们猜到题目啦！我们猜到题目啦！"两个人都兴奋成了向我这老妈妈邀功请赏的小屁孩呢！

啊，一场诗词大会，竟把我女儿的心、先生的心，都变成了一样的童心！这样童心灼灼的日子，真的都是幸福的节日啊！不是我们一家人有多懂诗，多会背诗，而是这种亲近诗词的时光，我们喜欢，我们热爱。"诗词相伴，剑棋为伍"，这是我先生的人生理想，我女儿当然也渴望过那种诗词莹润所有岁月的生活。

今晚，看那像李清照少年诗词般清新的女孩赢得冠军，看先生、女儿恋恋不舍地关掉电视，黯然地走向各自的书房，连最不善于引用古诗词的我，此刻，心头也涌上了这样的诗句："此地伤心不能道，目下离离长春草。送尔长江万里心，他年来访南山老！"

只好期待明年再一起访"诗词大会"了。山中相送罢，日暮掩柴扉，春草年年绿，共盼"王孙"归！

春游之柳

我绿了,所以你们来了。

你们这群十六岁的孩子,这群和我一样,刚刚步入人生初春时节的孩子啊,你们排着队、牵着手,在繁重的学习中,抽出半天空闲,来到江边,拜访春天,因为你们的班主任成林老师说:"唯有春意盎然不可辜负!"

你们的伙伴,有的玩魔方,有的打球,有的打牌,有的聚在一起说悄悄话,有的不断往嘴里塞着零食,无声地扮演着大吃货的角色。而你们,则踮着脚微笑着,小心翼翼地来到水湄,把我折下,将我变成环儿,将我像花儿一样戴在了头上……

啊,本来我只是一根普普通通的柳枝,才落了鹅黄的柳花,才展开几瓣细细的叶子,才画上两抹浅绿的眉毛,可现在,被你

们顶在头上，我忽然就有了皇冠般的优雅和高贵。

不过，我的颜色还是那么嫩，那么翠。我一点儿也不骄傲。我就像一只绿色的小鸟，轻轻地栖在你们的枝头，我在轻轻地为你们歌唱。

我嫩绿的歌喉，把你们的衣服唱得更艳了，肌肤唱得更白了，青春唱得更美了。

我是栖在你们头上的一个春天，你们则是映在我心里的一个美梦。十六岁的少女，是清新的露水，是刚刚探出水来的小荻，是我记忆里活泼的牧笛。

哦，我心甘情愿被你们放牧。我是那么轻灵的柳，遇见你们，却变成了一头忠厚的小牛。

第十条小鱼

风拂过,我在你们头上憨憨地手舞足蹈着,欢喜难禁;你们的歌声则在我心里飞了起来,明媚无限。

你们那相互偎依的笑脸,就是我期盼的春天啊。春来了,你们为了不辜负我,来踏春。

而你们,正是我的春天。

我在你们乌黑浓密的发辫上,找到了我最肥沃的土地。我在你们清柔甜美的话语里,找到了我最喜欢的歌谣。我在你们可爱的"剪刀手"上找到了心之飞翔的方向。

这个春天,我就这样,烙进了你们的记忆,而由于你们的到来,我才感到,我真的没有辜负我的大好春光……

秋天的书事

"对不起,刚才是你们问我去书店的路吧?我指错了,真抱歉!"走到西安戏剧服饰乐器商场路口的时候,有个十七八岁的白衣女孩微笑着拦住了我们的去路。

"啊,这孩子好认真!"一见那女孩,我心里便如此惊叹。因为刚才我们问她附近有没有什么书店时,她说不知道,不过,她说:"我用手机帮你们搜索一下吧!"然后,就站定了,拿出粉红小手机仔细帮我们搜索起来。她个子高,她身旁有个矮个同伴,就高高举着伞,为她挡雨。我静待着结果。我的同伴笑贞也默默打着伞,为我挡雨。

"找到了,有书店的,顺着这东大街往前走一站多路,就有个鼓楼书店呢!"穿白色羊毛呢外套、童发乌黑、脸蛋白皙圆润的女孩，眨着一双大大的眼睛，笑着为我们指路，还自嘲了一句，"要是你们问我哪个商场怎么走，我一定比书店熟悉得多，我平时读书可不多的！"

"虽然你读书不多，可心灵已经很美啦！"笑贞马上夸她。

女孩不好意思地拽着同伴快步往前走了。我和笑贞则东瞅西看慢慢悠悠往前踱。

不料，踱了两三百米路后，白衣女孩竟然静静地在路口等着我们："对不起，我指错路了，这里是西大街，不是东大街，我把方向搞错了！你们快回头，过地下通道，记住要往东走啊！"女孩脸红红的，一副歉疚无比的样子。我也脸红红的——被她的善良、实诚感动得热血澎湃！

哪想，到了鼓楼书店，还有一番大大的感动等着我呢！因为我在三楼少儿书柜那边，遇到了一位酷爱看书的小男孩贝虎，他还买了一本我的散文集《春天的花事》请我签名，只因笑贞跟他说我就是那书的作者。

贝虎才读幼儿园大班，阅读一般图书已不成问题。由于他的父母都在一旁陪着他，我很自然地以为他就是家住附近的小朋友。哪想，他们一家都是来自四川的游客，是小贝虎特意把父母拽到书店里来的。

"他认为读书比游玩更重要,非来书店看半天书不可!"在四川某出版社工作的贝虎父亲,一脸自豪地跟我们"诉苦"。

其实,这孩子早就惹我注意了,因为当我坐在书店的板凳上静静地阅读美国作家娜塔莉·巴比特的小说《不老泉》和素兰姐的散文集《奶奶星》时,英俊文秀的小贝虎就一直在另一条板凳上静静地阅读幼儿文学作品……

没想到,今天,去了一趟书店,竟遇到这么可爱的一大一小两个孩子,给我的生命写下了一双极美的书友的故事!

这深秋的书事,比春天的花事还美丽,还动人啊!

不老的星星
——读汤素兰的《奶奶星》有感

火车在中原大地上疾驰,那刚刚冒出绿芽的麦地上,东一撮、西一撮散落着无数个土馒头。我知道,那土馒头里躺着无数个变成黑土的爷爷、奶奶,藏着无数个孩子最深的怀念……

我在车窗内,读好友汤素兰"童心书坊"散文系列丛书中的《奶奶星》《记号》《我的爷爷》……等读到《夕阳下》时,泪水终于忍不住打湿了我的面庞。

随着她的长大,奶奶走了,爷爷走了,爸爸的腰一点点弓了下去,妈妈的发一点点白了起来。随着她外出求学的足迹越印越远,老家的青山绿树、水井池塘,也在她的心里越印越深。最后,

她在省城安了家，成了全国著名的童话作家"笨狼妈妈"。可是，每当她仰望夜空的时候，最先看到的永远是奶奶的慈颜。当她行走在一片又一片陌生土地上的时候，眼前晃来晃去的常是儿时爷爷精心守护的那头老牛。

"素妹子！""素妹子！"哪怕她已五十岁了，她还是那个小山村里最美丽的一朵阳雀花。哪怕她讲学的脚步量遍了全中国所有的小学中学，她还是高中入学那天顺着同学用粉笔给她留下的记号，去追赶命运的那个清水般的女孩。

这世上，最温暖的地方，总在奶奶宽厚的胸口、臂弯。这人间，最美味的食物，总是妈妈用桐叶包裹的粑粑。这大地上，最香淳的东西，总是老家院里的那抔泥土。这一生，最明亮的灯火，永远是当年那个大眼睛的小姑娘提在手中的那盏镜灯。

这灯，曾一次次照亮素妹子去奶奶家的路；这灯，曾一次次迎接做裁缝的妈妈回家；这灯，曾一次次点燃素妹子阅读的夜，更一次次照亮了素妹子心中的远方。

远方，也有红薯和故事；远方，也有水井和人生；远方，也有花灯和掌声；远方，也有亲情和爱人。但唯有那个叫"坎上"的小山村里，葬着她的奶奶和爷爷，藏着她未成年就被抹上灶灰印记、送入泥土深处的妹妹。只有这个小山村，是她长在心上的

第十条小鱼

一颗永恒的胎痣；只有这个小山村，是她头顶不落的星星；只有这个小山村，是她写作时笔尖奔涌不尽的甘泉……

当她一拿起笔，在笔尖回望她的故乡时，我的心弦就被她拨动了，我的乡愁就被她唤醒了，属于我和我奶奶的那颗星，就被她擦亮了。尽管我童年最甜蜜的果子，不是爸爸从外地带回的苹果，而是爷爷为我摘的野山楂、外公给我买的甜面包，尽管我最怀念的童年好友不是高大丰满的挑水女孩志莲，而是矮小黑瘦最后因初恋失败而喝农药身亡的采草姑娘名仙，尽管我童年的村庄地势比坎上村平坦，房屋比坎上村密集，但是，素兰姐却用她深情的笔写出了我童年、少年时代的喜怒哀乐。

她写出了每个人心上的故乡，写出了每个人记忆中的童年，写出了每个人最怀恋的亲人。她也用那清丽深情、隽永奔放的文笔，给当今没有多少乡土观念的青少年，构筑了一个文学老家、文学故乡。

我们的儿童文学，不仅仅要陪着孩子们笑逐颜开，不仅仅要描摹他们的生活现状，不仅仅要给他们减压，增强他们前行的信心和勇气，还需要给孩子们增加心灵的厚度、精神的张力、记忆的深度。

让他们读读三四十年前一个女孩的童年故事，给他们构筑一

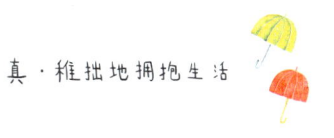

个梦中老家，我想，一定会丰富孩子们的心灵家园。

而且，我相信，奶奶星你的"心空"里有，我的"心空"里有，过去的孩子"心空"里有，现在的孩子"心空"有，以后的孩子"心空"里一定也还有。只要人类生生不息，只要人类的亲情不灭，那么，素兰姐的这颗"奶奶星"，就一定会给一代又一代的孩子留下最温暖的记忆，让一代又一代的孩子更加珍惜亲情和乡情！

就像窗外的麦田，只要有泥土、阳光和空气，它就会生根发芽，就会怀抱着它心上的那些土馒头，蓬勃地生长、葱郁地随着火车，跑向人类的每一个家园。

大地只要有麦子，就会有生机。而人类只要有爱，就会有怀念。相信，只要你有机会读到《奶奶星》这么一本书，你就会被它感动，并和我一样，泪流满面……

小毛驴之歌

风吹着那面坡,雨打着那个千年的故事,我用脚步丈量着马嵬坡,心不自觉就沧桑起来了。不过,在那新建的驿站里流来晃去的游客,个个都喜滋滋的。这里现在已变成了全新仿古的小吃街,几乎云集了全西北最经典的小吃,而且味道真的很纯正。一路走下来,一路吃过去,谁能不笑逐颜开呢?

没有几人来这里是为了凭吊那个在唐代"安史之乱"中被自己的君王爱人下令吊死的杨贵妃的。确实,她跟我们当今老百姓的生活已经没有多少关系了,这个地方只是把她凄凉的人生结局做成了一枚棋子、一个幌子……

我和同伴们在那红红绿绿的仿古小街上溜达着,却总挥不去心里的惆怅,直到遇到了那头小毛驴!

我以前其实来过两三次西安了,可直到这次我才发现,这里竟是个出辣子的地方。红辣椒炒熟了碾成辣椒末,加油,装瓶,卖辣椒油。而今天,我遇到的就是这么一头磨辣椒的小毛驴。这毛驴就像一朵静静的黑棉花,温顺地盛开在一排鲜红的灯笼下方,几乎没有任何表情地凝望着廊外的一帘细雨。

那时,她没在工作,但脖子上依然套着驴轭。一大盘红辣椒早就被她踩碎了。她在休息,不过,不时也拉着碾石走上一圈。主人则似乎根本没注意到她的存在。一看到她,我就情不自禁地朝她走了过去。在我眼里,小毛驴一直是一种很美丽的动物。我特别喜欢西班牙著名诗人希梅内斯描写小毛驴的长诗《小银与我》,今天,我终于找到了一个可爱的小银——不,应该叫她小墨。

就在我小心翼翼地把手靠向小墨脖子的时候,我的同事陈笑贞和邵志龙他们都大笑了起来:"哇,毛芦芦遇见她的本家毛驴驴啦!""我很荣幸啊,能跟她做本家!"我笑着冲同事们挥挥手,然后顾自半伏下身子,默默地抚摸起小墨来。我站在小墨的右侧,当我的手刚碰到她的脑袋时,她轻轻把头往左歪了一歪。不过,当我一点点下移着手掌,将手心轻轻覆上她柔软的上唇部时,她马上就信赖地将整个脑袋向我倚靠过来了,仿佛,她是第一次得到姐姐抚摸的小妹妹。这驴小妹颤颤地偎依着我,幸福又羞涩。

第十条小鱼

我们都没有言语,我们只是静静地偎依着对方……

这时,我近近地看到了小墨的眼睛。哦,那是一双多么澄澈明净的大眼睛啊!一圈儿白眼眶,两排长睫毛。当她望着我时,我连五脏六腑都被她那驯良又温柔的目光洗了个一干二净。我不由自主地蹲了下来,抱住了她。而她甜蜜地舔着我的手掌,还轻轻地"咬"着我,就像多年前我养过的一条小狗那样热情又调皮。就在一分钟时间里,我和小墨就成了至好的朋友。我灿烂地冲着她笑,她羞涩地低着头,还激动地耸动着耳朵,从她脸颊上传过来的温热,一波波地在我心里荡漾着……

这时,在这风雨飘摇的深秋,马嵬坡的故事真的已再无一丝一毫的凄凉之感了。我,就这样和一头最沉默的小毛驴,给马嵬驿写下了一个全新的故事——跟我的生命有关联的故事。而任何故事总是需要结局的。我和小墨的结局,就是我们不得不分离,不得不告别。明天,我就要回江南小城衢州过我庸常忙碌的小市民的日子去了,而小墨,会继续留在这里拉磨,碾着那一串又一串的红辣椒。但从此我的心里有了她。也许,她过了好久好久还会回忆起我这"人姐"手心里那点儿送给她、属于她的爱与柔情吧。

虽然,在中国一头小毛驴很少被人写成诗歌,可在我心里,已经有了一首永远的《毛驴之歌》。

第二篇

情·沉淀在岁月深处

重逢……

当我爬上那道陡直的大板楼梯,当我一个人站在那空旷、昏暗但楼板结实的阁楼上,我心里像突然钻进了一只鸽子。那鸽子的翅膀一直在我胸腔里闪动着,扑通扑通扑通,将我整个人都扇得打起颤来,也将我眼中的泪扇得摇摇欲坠……

怎么也没想到,竟然在今天找到了她——我少年时在城里读高考复习班时租住过的房子,我在水亭街上的梦中老屋。

本来,我当然知道这老屋的位置。可自从水亭街开始大规模修缮以后,我就被搞糊涂了。因为原先那老屋的入口是一条一米多宽的屋内弄堂。修缮后的水亭老屋,哪一幢房子都没有这样的一条弄堂。而且,我在原先那片地儿走来走去,哪一家店面好像都通不到后面那深深的宅院。

我找不到当年收留过我青春的阁楼了,我找不到当年善良无比的老房东"五妈妈"的徐家老宅了。

有一次,我看着一家咖啡店特像,尽管里面有歌手正在献歌,我还是走进去东找西找,想找那店的后院,可被店里人白了好几眼,终究也没找到。有一次,我又走进了一家画廊,可转来转去,也没找到后院,惆怅得我想一头钻进人家的画布里去。

可今天午后,我和女儿、婆婆一起去水亭门看灯,怕晚上人太多根本挤不进水亭街。结果,不仅看到了衢州大美的灯市,更在蓦然回首间,看到了一个熟悉的门牌号"水亭街64号",我心里轰隆隆滚过一道响雷——"这不就是我老屋的门牌号吗?"

当时,我已经从那门口走过去了,可我马上牵着女儿和婆婆的手退了回去,抬脚就跨进了那大大的插排门。

确实,这里早没有那条屋内弄堂了。从62到68号似乎都是连成一片的大店铺,里边居然卖的都是清灵灵的兰草。

我径直往里走,就怕跟以前几次一样找不到它的后院。结果,我真的碰壁了。兰草店最东边的店面很浅,我几脚就走到头了。见我这个女顾客进了店根本不看兰,而是直摸着墙壁发呆,店主一脸迎客的笑意,全僵在了脸上……

"妈妈,这边是通的!"恰在此时,女儿在中间偏西的店堂里唤我。我撒腿就往西边跑,如一只疯兔,惊得店主目瞪口呆。

但那一刻,我才不管别人怎么看我呢!我直跑到店后的一扇门前,才猛然站住了:因为那扇门里,正是我当年的老屋!我扶着门框,想走进去,才发现脚有些抖,手也有些抖,整个人都在抖……

门里,一切都修过了,但整体格局没变。五妈妈的东厢房还在。虽然五妈妈去世近二十年了,但今天,望着她的房间,她那慈爱的容颜一下子就浮在了我眼前,她仿佛在笑着迎接我。于是,我一步步跨进了我少年时住过的老屋,在天井里的一盆盆兰草上,看到了很多故人的老面孔:五妈妈、四妈妈、三妈妈、霞阿婆,还有那虽弱智但对我特亲的少女红霞……

让我最欣喜的是,那道通往阁楼的大板楼梯还是旧的,只是换了扶手。我一步步爬上阁楼,发现原先我住的小房间已被拆了,墙壁上的六角形小窗子也被封住了,但隔着那墙我依然看到了窗外那棵青翠又普通的梧桐,一如看见了我那青翠又卑微的青春!

我的心里钻进了一只扑通扑通的鸽子,我被它闹得站立不稳,闹得泪眼蒙眬。但我,嘴角又一直挑着一抹幸福的傻笑。

她还安好,她还安好,我的整个青春,便都突然晴朗了起来!我仿佛看见在水亭门外被人骗走不知所踪的红霞也回来了,正朝

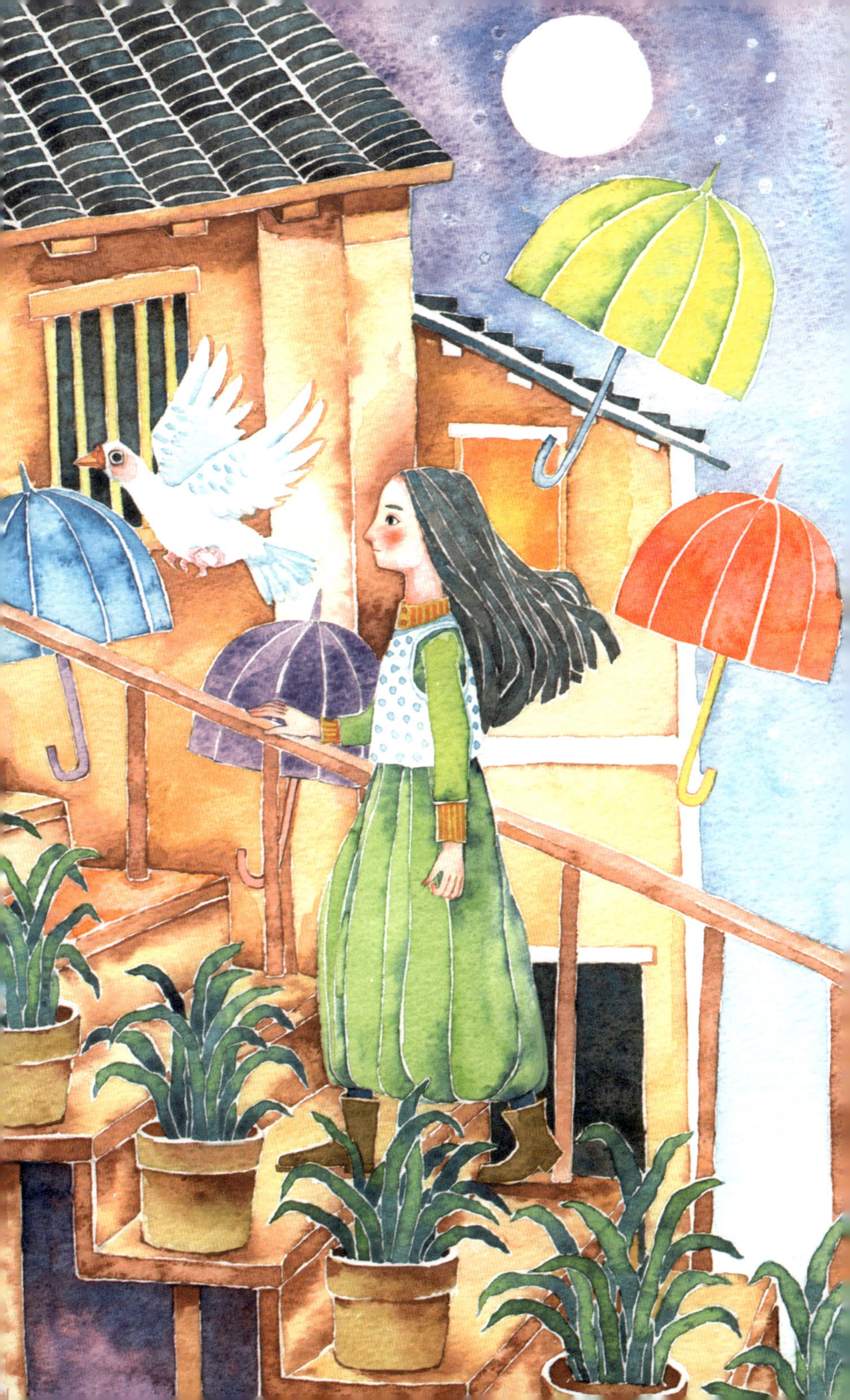

我甜甜笑着，亲亲热热地喊着我的乳名，笑得完全露出了她那口老鼠牙。

啊，五妈妈，四妈妈、三妈妈，霞阿婆、小红霞，老屋在，你们在我眼里也就仿佛永远都安好了……

当我退回人潮涌动的大街，我因为百感交集而哽咽得说不出话来。女儿忙牵着我的手安慰我："多好啊，这是一家兰花店，店里那么香，那么幽雅！"婆婆也牵着我的手安慰我："以前你也带我来过，楼板都快烂光了，现在修得这么好，多好！"

是啊，这兰香馥郁的老屋，正在满街的彩灯下，沐浴着春天里第一道暖阳，世界如此安好，天地如此温馨，我该大笑。

于是，我擦干感伤的泪、回忆的泪、多愁的泪，对着古老又崭新的水亭街，大笑起来……

遇见您，遇见初心……

还记得那天他穿的那件洁白衬衣，还记得浮现在他那比衬衣更白净的脸上的笑容，还记得他细眯着眼睛，豪阔地冲我一挥手说："你文章写得这么好，还考什么大学呢？回家写作去吧！"

还记得我站在座位上，被他的话狠狠揉了一把，细细的身子禁不住地颤栗起来、摇摆起来！因为这辈子还是第一次有人如此确凿地给我指出了一条路。而这路，恰是我深藏在内心的一个梦。

那年，我正好十八岁，那天，我清楚地记得，我穿了一件粉红小白点的的确良上衣。虽然我是个来自山村的高复生，可我也有如花的青春，也有卑微又灿烂的梦想啊，恰如我娘亲给我做的那件土气然而鲜艳的衣服。

而他的那句话，把我的心点亮了，把我的梦点燃了。

以前，我只是悄悄、悄悄做着这个梦，并不知道自己真有实现此梦的能力。

是他，第一个大大肯定了我；是他，第一个敲醒了我；是他，第一个如此明确地向我指明了一生努力的方向。

而那时，他压根儿不认识我。那时，他是衢州二中的语文老师，他只是来我们这个市政协办的高考复习班里兼课的。他校外的学生很多，差不多有四五百人吧。他根本认不清谁是谁。但他改作业很认真。正是在一次普普通通的月度小考中，他读了我写的考场作文，居然把那文章从四五百份试卷中拎了出来，第二天上课，居然很激动地扬着那试卷大声问："谁是毛芳美？"当我怯怯地站起来后，他不仅当众把那文章朗读了一遍，而且还挥舞着那张薄薄的卷子，对我激情飞扬地一挥手说："你文章写得这么好，还考什么大学呢？回家写作去吧！"

他说那话，也许只是为了加重他表扬我的语气。可对我来说，那话却不啻是一粒火种、一声惊雷、一江洪水。

很奇怪，时隔二十九年，我已完全忘了我写的、他读的那篇文章，但我却清楚地记得同学们投给我的惊艳的目光，清楚地记得我绞着衬衣的微微发凉的手指，清楚地记得那一刻我剧烈的心

跳,也清楚地记得他那儒雅清俊、神采奕奕的笑容……

差不多已过了整整三十年,他的那句话,他的那个笑,却依然在我脑子里盘旋着,未曾有一刻飞离我的心空。

我只是万万没想到,会在今日与他重逢,重逢在杭州的纯真年代书吧里,重逢在省少年文学之星的终评会上。我也万万没想到,他竟然还记得我,记得三十年前他并不认识却使劲表扬过的那个女孩,因为当了四十来年高中语文老师和省语文教研员的他,也只明明白白地给一个学生指出过写作的路,所以他难忘……

今日遇见,他笑我,怎么三十年都没长高啊!我也笑他,怎么三十年都不老啊!

可笑着笑着,我眼底不由得含了泪,我又变成了那个手足无措、浑身颤栗却暗暗发誓要好好写作文的小女生了,我又回到我那清寒之极又富饶无比的青春岁月去了,我又看到我那困顿迷茫却又暗含生机的前途了……

哦,这么多年,我从来没有主动去找过他,拜访过他,感谢过他。不是因为他在我心中的份量轻了,而是因为太重了,我总想,等我成为一个真正成功的大作家时再去看他……

然而,远远没等到我成为更理想的那个我,今日我就在保俶塔下与他不期而遇了。

第十条小鱼

我很惶恐，却更高兴。因为一见到他，我就完全忘了自己成不成功这码事；因为一见到他，我就完全被回忆的列车轰轰烈烈地拉回到三十年前的那堂美好的语文课上去了……

朋友们听着我俩的故事，也觉得那往事是如此美好，都催我把它写出来。可是，这恰恰是我最怕写的一篇文章，因为我怕令他失望啊——我怕他在心里说："毛芳美，难道你写了三十年，水平就是这样的吗？好像没啥长进呀！"

唉，敬爱的胡勤老师，我该拿怎样的文字献给您，才能酬谢您当年的知遇之恩、引路之恩呢？只好真实地记录下此刻我满心的激动、感动、感激和感慨……

"回家写作去吧！"胡老师，最初，正是您的这句话，让我扬起了追梦的风帆，让我在大学里有勇气去参加征文比赛，并遇到了韦苇导师，将我正式带进了文学的园地，并在这园地里默默跋涉了三十年！

胡老师，今日相见，对我来说，其实就是一种回家啊——让我再次回到青春的源头，见到了我那颗被您照亮、被您点燃的初心！

当然，以后我还会继续走在这条回家之路上的，累了的时候，只要想想您，想想您的话，便有了前行的勇气、不竭的动力、满满的信心，我的胡老师！

杳杳野猪塘

那是我第一次和父亲去拾柴。

在我们家乡,拾柴分两种,一是小孩子背了竹篓去村庄四周的小丘上扒松毛丝,搂黄茅草;一是大人带着饭包,翻山越岭,去荒无人迹的深山坳砍大枯树,拣干树棍。跟父亲去拾柴,当然拾的是第二种柴喽。在这之前,我不仅有过好多年的第一种拾柴经历,而且还去大山里砍过两三年青柴禾了。所以那天黎明出发时,追在父亲屁股后头的我,心是切切的,胆是满满的,脚步是铿铿锵锵的,就像一个刚刚装扮好的刀马旦,被咣噔咣噔的锣鼓第一次邀上了戏台。世界在我眼前,鲜翠华丽,熠熠生辉。

哦,我就要去野猪塘了。野猪塘,那可是山的尽头,是小屁孩们的禁区。只要我往那塘边一站,我,就是真正的大人了。路,

第十条小鱼

很远，可路远得多么好！汗，很多，可汗流得多么香！父亲，很沉默，可他呼哧呼哧的呼吸，是多么动听！

除了老友似的扁担，除了熟人似的柴刀，今天，我的腰上还别了一个青灰色的蒲包。包里，是奶奶炒的腌菜饭。奶奶为我壮行，还特意加了鸡蛋！

这样的饭包，对我来说绝对是崭新的，所以我一路都在摸它。摸了二三十里的羊肠小道，爬进一个大大的锅形山槽，饭依然是热的。而父亲说野猪塘到了。

"塘呢？"我跳起来，四处寻找着。我想庄严地站在塘边，把饭吃掉，然后告诉自己我长大啦，是十五岁的大姑娘啦！

可父亲皱着眉说："这里就是！"

啊，原来这一个大山坞，就是塘啊！这塘，可真大，大得快赶上书里描写的海了吧？天圆着，蓝着；地圆着，绿着。我那么小那么小，是不是像海中的一颗小泡沫儿？

沮丧说来就来了，因为即使父亲这样的大男人，在这野猪塘，也比不上任何一棵小树粗壮。

父亲从腰上解下他的老蒲包。我赶紧也解下我的新蒲包。我比父亲更急地拉开了蒲包口的绳子。

"现在不吃,上山拾了柴再吃!"父亲说着,把蒲包吊到一棵老松上,提了柴刀扁担就走。我只得把蒲包往一株小栗树上胡乱一挂,匆匆赶了上去。

现在,面对这个过于阔大、野逸的戏台,第一次上场的我,脚步已经开始打哆嗦了。满山都是咣噔咣噔的锣鼓——小鸟叽叽、雉鸡咯咯、花蛇哧哧、野狗嗷嗷……可观众的欢呼在哪里呀?我多么想听父亲的一两声喝彩,可一眨眼,父亲已经扎进深深的林莽,不见了踪影。

"爸!爸……"我大叫!

父亲没应声,但他的柴刀在三丈开外的地方叩响了一段木头。

我连忙朝那木头扑去。可等我到了木头身边,父亲又在前方消失了。只有吭吭吭的砍柴声,招呼着我,指引着我。

在这杳杳远山,根本就没有观众,所以演员也就不称其为演员了。我只是我,汗只是汗。长大没有任何形式。我必须咬着牙拼命干,才勉强够得上父亲的速度。

终于,柴拾够了。父亲扎起了两捆山一样的干树棍。我的柴担和他比,只不过像两个小小的鸟窝。虽然这样,父亲挑柴上肩,

第十条小鱼

仍然脚底生风。我要小跑着，才能不把他跟丢。

四周有树枝勾我的担子，脚底有荆棘划我的鞋子，山道上还有些懵里懵懂的小飞虫老往我的嘴鼻里钻。那一阵啊，我追得把一切想法全扔了，追得自己仿佛只剩了一副肩膀两条腿。

根本就不需要喊累，因为大山没耳朵，父亲没心肝。那是我一个人与整个世界的战斗！而最惨烈的一仗即将打响，因为，前面突然出现了一扇陡壁！

来时并没有经过这里的，现在，路却断在壁上。壁，笔立着，上面还挂了一帘清水。路真的断了。

但我不慌，反而开心地望着父亲的背影，以为这下总算捞到了休息的机会。

可我错了。父亲根本没把那支山之大笔放在眼里，只一闪腿，就从清水上跨了过去。那一刻的父亲，是多么矫健而神勇啊！

我看呆了。激动的心跳，把水流压得阒然无声。微笑像满山的马兰花一样，挤得我脸颊好痛。我挑着柴，立在崖边，静静地等，等父亲回来接应我。

可时间一分一秒地流走了，壁上的清水已经挂了几百几千几万匹，父亲还没有回头……

父亲，居然就不回头了！

望着父亲那英挺的背影在树阴下越走越远，我感觉胸中有条路也慢慢、慢慢断了。绝望像山洪一样冲刷着我。我毅然决然把脚探进了壁上的一条小石缝。那一刻，我根本就不怕自己滚下悬崖粉身碎骨。

一个人，只要把心横下来，只要想着天地间惟有自己的力可以依靠，原来是能够在没路的地方走出新路来的。我，就那么斜仄着脚步，歪扭着身子，侧扛着柴担，在清水中敲出了花朵，在绝壁上插出了生机，一步一步又一步，把断坡甩在了身后，尽管整个人都在抖……

当我到达野猪塘时，父亲已经坐在一丛绿厥上吃腌菜蛋饭了。

看着我脚步一颤一抖下到塘底，他依然没有站起来接我。我也压根儿不想再理他，从此以后，我发誓再不喊他爸爸了。

第十条小鱼

    我默默卸下担子，伸手到我的小栗树上取下蒲包，走到好远的一团老虎藤上坐了下来，准备吃饭。

    蒲包打开了——啊，怎么饭里尽是蚂蚁？褐黄色的密密麻麻的小蚂蚁，就像滚水一样，在我眼前哗哗大叫。

    蚂蚁当然是不会叫的，是我自己发出尖叫了。不过只嚎了一声，我就把一切的委屈压成了无声的眼泪。我相信父亲是不会同情我的。

    泪一点一滴打在我人生的第一个新蒲包上。想着黎明出门时那朝霞一样的心境，我真恨不得把每个蚂蚁都咬上一口。就在这时，父亲的那只旧蒲包突然从我头顶挂了下来。是那么黯淡灰黄的一个破包，却像一道电光，把我额心照得一片通明……

    那天，父亲换走我的饭，他一共生吃了几只蚂蚁，我不知道。我只知道，因为那些蚂蚁，野猪塘重又变得鲜翠华丽，熠熠生辉。只不过，她不再是我想象中的精巧戏台，而是我成长途中一个最重要的人生驿站。

    从那里出发，我知道，我这一生，都必须靠自己坚韧而踏实地去行走。不是无爱相助，而是大爱无形，真爱无声……

小弟四十

还记得你手耍竹棍,童年飒飒生风的样子。

还记得你胯骑白马,山川英姿勃发的样子。

还记得你脚蹬舞鞋,舞台熠熠闪光的样子。

我的小弟,刚见你撵着七岁的白狗,将笑声洒满我的心房呢!刚见你坐在十三岁的河边,将一袭白衣飘进了那些少女的心坎呢!刚见你初上十八岁的讲台,将一脸的羞涩烙进学生的记忆呢!怎么一转眼,你已四十啦?

我的小弟,多想再背你去一次外婆家,多想再为你买一本《杨家将》,多想再去你读书的学校看你一眼。可你,一不小心,已经四十啦!

我的小弟,老屋的墙上你丑丑的名字墨迹还未干,老屋的弄

第十条小鱼

堂里还飘着你和二姐的争吵声，老家的街上还奔跑着你和小伙伴们的身影，可是一瞬间，你已四十啦！

啊呀，前一秒钟，我好像还在帮你结扎断的书包带呢，怎么后一秒钟你竟成了一位小学校长？前一秒钟，奶奶好像还坐在门槛上，为你绑爷爷替你捉回的金龟子呢，怎么后一秒钟，我们的童年都已无影踪了？

啊呀，我的小弟，前一刻母亲好像还拿了她做衣服的尺子打你，嘴里数落着你那数不完的捣蛋事呢，怎么一忽儿工夫，母亲已去世一整年了？

唉，小弟，人生真是一晃眼啊！但我是多么开心有你相伴，走过那四十年长长短短的路！母亲生了三个儿子才留住一个你！母亲病了十二年，你对母亲始终只有一张笑脸、一颗孝心！如今，你上疼老父，下疼妻儿，两个老姐的事就是你的事，大家族里谁有风吹草动都习惯找你。当然，在学校里，你更是一位难得的好校长！

我的小弟，你是如何从那个爱哭爱闹的调皮鬼变成今天这头任劳任怨的大黄牛的？你是如何从那个粉雕玉砌的美少年，变成今天这副慈眉善目的菩萨相的？

是长辈和老师们的言传身教改变了你吗？所以今天你正用自

己的实际行动影响着一个个学生的心灵。是你本性的善良和血管里流淌的天生的大爱吗?所以,你自然而然就成了我孩子的榜样和男神!

可是,我在写这些文字的时候,心却是痛的。我心疼你,忽然就成了四十岁的大男人;我心疼你,在工作生活中要背负那么多的责任;我心疼你,已经把那么多的理想和冲动压成了生命的基石!

我的小弟,你是我此生最大的一员福将,一座靠山!希望我也是你的福姐,你的靠山!

真的很想再牵着你和小妹的手,去村口接一次晚归的母亲。她在邻村做裁缝,下雨了,天黑了,且让我为你穿上雨鞋,且让我们拿上雨伞,打上手电,且让我搂着你的肩,或驮你在我的肩上,去接我们的母亲。

小弟,生日快乐!一生平安、幸福!

外婆的脚步

两个孩子,相差两个半月,前后脚进了外婆家门。

那时,外婆一人,要伺候两个产母,两个孩子。只听见她的脚步,整天在家里哒哒哒、哒哒哒响个不停。整个家,就像口大锅,而外婆的脚步,是在锅里炒个不停的黄豆。

哒哒哒、哒哒哒,外婆一天里总要去溪里洗两大筐尿布、衣服。

哒哒哒、哒哒哒,外婆一天里总要去村口菜市场买一大篮荤菜、素菜。

哒哒哒、哒哒哒,外孙小怿住楼下,外孙女小川住楼上,外婆一天里总要在楼上楼下奔走好几十次。

哒哒哒、哒哒哒,两个孩子,一会儿那个尿了,一会儿这个饿了。外婆刚刚抱起这个,那个又哭了;刚刚抱起那个,这个又

第十条小鱼

哭了，于是，只见外婆在楼上楼下乱蹿。最忙的时候，外婆脚下的"黄豆"，就变成了大大的"冰雹"。

哒哒哒，哒哒哒，小怪怪第一次咳嗽，是外婆抱他到村里赤脚医生卸荣阿舅那里去看的；小川川平生第一次生病，得的竟是肺炎，更是操碎了外婆的心，哒哒哒，哒哒哒，这时，黄豆儿外婆又成了机关枪外婆，外婆走路如子弹出膛一样快速凶猛。

哒哒哒，哒哒哒，外婆家门口有个池塘，夏天，开满了水葫芦花，刚学走路的小怪小川，总爱往那门口的花池里闯，外婆追着他们，脚步不像机关枪了，而像扭来扭去的舞步。外婆，仿佛又回到了童年学校的舞台。

哒哒哒，哒哒哒，外公在小川进门时，去小外公家抱了条小狗给俩孩子作伴。这小狗，成了外婆的又一个小外孙，他很调皮，常常在村里东游西逛，外婆为了去找他回来，有时要跑出很远很远。

哒哒哒，哒哒哒，除了外孙、外孙女、狗外孙，家里还有腿脚不便的老太、太公，他们慈爱极了，对小怪小川好极了，却无法代替外婆去菜园子里、菜市场里、小溪里奔忙……

哒哒哒，哒哒哒，后来，妹妹小川先回衢州城自己家住了。可她有次吃坏了肚子住进了市人民医院，外婆知道后，一路狂奔

着跳上了中巴车，直到进了医院，才发现自己脚上还趿着双拖鞋。

哒哒哒，哒哒哒，小怪在外婆家住到四岁。他上幼儿园了，外婆又一天数次来回接送他，中午接他回家吃中饭，下午又送去，傍晚又接回……

哒哒哒，哒哒哒，外婆除了照顾孩子、做家务，有时还得帮外公去治橘虫。外婆压单管，外公拿喷杆，外婆按压单管的动作，跟她走路一样性急、快捷。

哒哒哒，哒哒哒，外婆的娘病了，两个孩子的"高顶"老太（住村西头的外太婆）病危了，外婆一次一次穿梭于她自己家和娘家之间，劳累加上忧虑，又忘了吃药，外婆突然患了脑溢血……

大家哒哒哒、哒哒哒地把外婆送上了120急救车。外婆在市人民医院住了半个月，非常不幸地错过了她娘的葬礼……

出院后，外婆拄上了拐，后来又坐上了轮椅。外婆那哒哒哒、哒哒哒的脚步终于安静下来了，外婆终于可以好好歇歇了。可她每次向祖宗祈祷时，都只求一件事，那就是能让她重新站起来走路。

哦，哒哒哒，哒哒哒的脚步声，是外婆病后十多年里最向往的音乐。

前年冬天，外婆的躯体终于离开了轮椅，化成一把白灰，躺进了我们自己家的一块土地。大家都说，外婆从此又可行走如飞了……但我们一直没见到她的新模样，就是在梦里，见到的也是她在大地上坚实行走的旧慈颜。哒哒哒，哒哒哒，外婆性急，走路好快啊，像炒豆，像下冰雹，像打机关枪……

今天，两个孩子都回家来看外婆了，哒哒哒，哒哒哒，青春洋溢的他们，脚步不急，但踩下去也像外婆当年一样铿锵有力。

哒哒哒，哒哒哒，外婆，你听见孩子们的脚步和心跳了吗？

正是清明时节，村庄里到处都是绿树红花，小怪哥哥和当年一样，采了花草给小川妹妹戴上，他们的笑脸都如花草一样明媚。

外婆，您看到他们可爱的笑脸了吗？您听到他们那哒哒哒、哒哒哒的怀念您的脚步声了吗？

这样的脚步，您的脚步，孩子的脚步，哒哒哒，哒哒哒，一代代传承着，永远是这大地上最平凡、最卑微、最洪亮、最动人的鼓点。

正是因为有这生生不息的爱之鼓的敲击，大地和人心，才如此清新明净、美丽灿烂啊！

芋荷粿

"毛——芦——芦！"终于，曹有芳老师喊出了我的名字，我的眼睛，一下子湿润了。同时，我的脑海里，竟猛然浮上了一个个碧绿的芋荷粿。

是的，就是它，芋荷粿。它在曹老师心目中，是最珍贵也是最神圣的食品。记得在曹老师脑子灵健时，我最后一次去看他，他就给了我一包芋荷粿……

曹老师并不是我的老师，应该算是我的忘年交。我认识他时，他已从黄家乡东山初中退休了，被浙江不老神集团聘为《不老神报》的主编。

那时，《不老神报》要办通讯员培训班，而我初到市文化馆当文学干部，所以有幸被请去当辅导老师，更有幸结识了长相和文笔都极为清俊的曹老师。

"毛芦芦,你的文学梦遇上了好时光,不像我,中学毕业,刚考上衢州师范学校没多久,就被打成了右派,一个二十来岁的小年轻突然被踢出校门,回到乌溪江深山的老家岭头,去挖山刨地、伐木砍竹、挑粪种庄稼,很多农民见我力气弱不会干农活,都当我是笑料。以前我在学校里又会写又会说又会演,是个风头很健的人物,可一做了右派,什么文艺梦也做不了啦,连娶个中意的妻子都难,生活完全变成了一场噩梦。到我1978年平反做了教师时,我人生的最好年华已全荒芜了……毛芦芦,你可要趁着时机好,紧紧抓住自己的文学梦!"

这是曹老师在初次见面时给我讲的人生故事,送给我的人生忠告。

忠告我没听进去多少,倒是对他这位文弱清癯的老书生生出了无限的同情,心中不禁暗想,凭他的相貌和才艺,换了现在一定是无数少女心目中的男神啊!

后来,与曹老师接触愈多,对他的怜惜之情愈深,因为他的诗文在全市语文教师中,实在算得"拔尖人才"了。那时,我刚被评为市里的拔尖人才,他为了祝贺我,提出要请我吃饭。我哪敢当?因为在他面前,我真心觉得自己无知又渺小。那时,曹老

师已过七十岁门槛了,可他还买了一屋子的书,说:"以前没机会读书,现在我要趁自己脑子还清楚多读书!"

那时,跟曹老师见面,听他说得最多的就是他的读书计划。几乎见他一次,就让我这年轻人羞愧一番,内心对他的怜惜之情也更深一层。我一直在痛惜他那被时代捏碎了的梦想,不然,凭他的灵气和勤奋,他真的可以在文艺路上走得很远很远啊!

曹老师喜欢写古诗,功底也很深,这点我自愧弗如。但总觉得写通讯报道啥的,他应该不如我,因为我曾在衢县报社待过八年,算是正规军出身。哪想,有一年我们一起去采访市书画院院长田人,我写出的"田人稿",本算是我自己人物通讯中的得意之作了,但跟曹老师的一比,却肤浅如小儿语。从此,我对曹老师愈加钦佩了。内心,对他的怜惜,也平添了好几分……

"你要紧紧抓住自己的文学梦!"每次见面,他几乎都要跟我这么说。

今天,居然也如此。

曹老师今年已八十二岁了,患脑萎缩已三四年了。用他大女儿小菲的话说就是"我爸现在的脑子里只播放乱七八糟的广告,没法播放电视连续剧了"。

因为曹老师的思维已连不成段,只有一个个小碎片了。有时,

第十条小鱼

他连儿女都不认得了。可今天,当我跟文友祝根海君和周惠兰姐去拜访曹老师时,曹老师在絮絮叨叨的自言自语间隙,居然清晰地冲我喊了句:"要紧紧抓住你的文学梦啊!"说完,他的思维又不知滑到哪个频道去了。

听他这么说,我不禁陷入了深深的回忆,想起了十多年来他对我始终如一的鼓励。他虽然没有真正教过我,对我却有一颗最柔软的师心。今天,即使他的脑子已经混沌了,他一见我的笑脸,在没能喊出我名字时,就想起了我的文学梦。

因为那也是他做过的梦。就在前年冬天,他还跟我说,他要把自己这辈子所写的满意诗文都整理出来,出一本书,留给子孙后代看看。可是,他还没来得及整理,脑萎缩的毛病就先找上了他。到如今,他也许已完全忘了他的文学梦,却依然记得我的。我能不在心里暗暗流泪吗?

这么多年,他让我最怜惜的也就是他那碎了一地的文学之梦啊!快告辞了,我试着指指自己,再问他:"知道我是谁吗?""毛——芦——芦!"曹老师竟异常清晰地回道,刚进门时,他"毛、毛、毛"呢喃了好久,也没能将我的名字喊完整呢。我的眼睛一下子湿了。我觉得,他的这声"毛芦芦",就是对我的最高奖赏,一如他脑子清楚时,每次岭头老家人给他送了他最爱

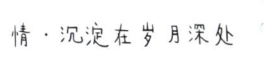

吃的芋荷粿，他都会为我留一些，打电话唤我去拿那样。

芋荷粿，是用晒干去叶的芋头梗，切碎后加猪肉和糯米炒、煮而成的，又香又韧，颜色碧绿，总让我觉得它们是由荷叶做成的，工序复杂，我在别处从来没吃过，也没见过。它是曹老师心目中的宝贝，每次给我之时，总要反复叮咛："这个可真真是好东西，给你和女儿吃，别随便送人！"他是把他自童年起最爱的食物拿来与我分享，觉得我是堪配吃他这种"珍宝"的好孩子呢！所以，每次收到芋荷粿，我总是格外感动！

所以，今天当我一听他清晰地喊出我的名字时，我的脑子里全是那些碧绿的芋荷粿在飞……

那其实就是曹老师的文学梦，就是一代代被生活的重荷压碎了梦想的老文学青年的文学梦啊。我要像曹老师叮咛的那样，紧紧把这梦抓在手里，抓在心里……

少年路上

那条溪总是淙淙潺潺陪着我们。清清的溪水,流在青草岸间,也流在她那大大的眼眸里。她的眼波,永远是那么清澈、明净。笑的涟漪,总荡漾在她红润的嘴角。汩汩的话语,总水草般缠绕着我的心。

我俩的脚步,追逐着流水,追撵着鸟鸣,追赶着清风,像在赶集,像在毅行。但其实,我们只是在闲逛。每天午饭后,我们这两个初二女生,几乎都要从学校里溜出来,跑上四五里路,去乡政府所在地的沟溪村玩。去大江边看渡船,去渡口边的供销社里看书,去小溪入江口建造于宋代的老石桥上看"古迹"。

走那么长长的一段路,其实无论是看船、看书还是看古迹,都只能匆匆瞄上几眼,因为下午还要上课,我们必须在一点半前

赶回来,所以,少年的我们仿佛永远走在路上,永远都那么行色匆匆。

想起我初中时的闺蜜巫春燕,我记忆中最清晰的画面,就是她一边笑着扭头与我说话,一边快速迈步的样子。因为总是在路上行走,所以记忆中她那张微笑的脸总在晃动,像一方白净的绢帕,在风中轻轻地飘扬;像一枚半圆的月,穿行在微雨中;像一只翩飞的燕,在我心里织出了一个明媚的春天。因为有她的陪伴,那一段少年的路啊,在我心里,永远都那么甜、那么香、那么美。

溪畔,一年四季似乎都开着花,蓝蓝的鸭跖花,小小的,卧在青草丛里;红色的水蓼花,袅袅的,摇曳在溪岸上;白色的柚花、橘花、金樱子,则撒满了整个溪谷。

我们穿行在花丛中,分吃着一块冻米糖或薯干,换穿着各自的春装或秋衣,你给我讲一个笑话,我给你编一段故事,把彼此逗得乐不可支,好像我们脚底都藏着一股笑泉,每一步踩下去,脚底的笑泉都会吱吱地喷上来,溅得老高。

第十条小鱼

从我们脚底喷出的这一股股无忧泉，常常淋湿路边的农人，淋得他们大眼小眼地干瞪着我们，不知我们这俩少女，怎么能把那平平常常的一段路，走出那么多乐趣来。有时碰到特别耿直的老伯伯，就会送给我们这样两个字："傻娜！"

是啊，少年的我们，还真是傻啊！每天早上要走五六里路上学，放学还得走那么多路回家。可中午时，我们也不让自己好好休息，还得去讨十来里路走走，我们不正是一对十足的傻娜吗？我们这对"傻娜"呀，因为家不在同一个方向，上学、放学不能搭伴儿行走，所以才在午间特意去找了一条共同的路。那条依山傍水的路，是我俩的路。那来来去去的时光，是我俩最自由的时光。那路边的溪水、蝴蝶、蜻蜓和花儿，是我俩最好的朋友。在那路上，没有任何别的人、别的事可以打扰我们。在那条路上，我喜欢的花也是她喜欢的，我喜欢的鹅卵石也是她喜欢的，甚至我们头顶的云，也是我们共同喜欢的。

只要一起走着那段路，我们就总能快乐得嘎嘎响。

正是那条路让我知道，少年的友谊原来可以那么平凡而灿烂，可以那么安静而响亮，可以那么朴素又辉煌，可以穿透几十年的光阴，仍清澈欢快地流淌在我的心上！

一棵树

那里本来有三棵同样的树，一棵被洗澡的小孩拔了，一棵被钓鱼的老头撅了，父亲脾气好，跟谁也没计较，也没再补种，三棵树，就剩了一棵。

这棵树，今年差不多三十五岁了，是梅溪边那两亩上好的水田刚分到我家时父亲栽下的。父亲就那么随手把它插在溪岸边，没想到，它日也长，夜也长，吸着一年年的风霜雪雨、日月精华，竟长成了梅溪河谷里一棵少见的大树。

树并没有多少挺拔，因为它的身子歪到水面上去了。我认为它是一棵"女树"，因为她爱美，总爱揽着水镜不断地照自己的倩影。

每年一到三月，这棵树就开出郁郁繁花，将长长一道溪堤织

第十条小鱼

成了一顶浅紫的大帐幔,把一旁的水潭全罩在了自己的身下,让碧水和紫花,手握着手,在初春时节,把大自然的美,绣满了我的村庄。而且,还将片片落花做成信笺,把我们村庄的故事,送往梅溪下游,送进衢江,送进钱塘江,再送到东海,又让海鸥衔起,送往天边,送往天堂……

这棵树,就这样年复一年地站在我父亲的稻田边、橘地边,守候着我父母的岁月,守护着我的乡思。

当春花落尽,夏天就来了。三四十米宽的梅溪,在我父亲的树下,居然孕育出一个小深潭,孩子爱在那里戏水,老牛也爱在那里泡澡。小时候过暑假,我几乎天天在这树旁干农活,每个傍晚,溪里有树影,树影里则躲着一个小小的我。

长大了,我外出读书了,做教师、记者了,我离这棵树一日日远了。可是,她还是我最亲爱的树。每次从外地回家,一到村口,我第一个要看望的"人",就是这棵树。看她从秋天就开始含苞;看她披着白雪的袍子,把北风撵得团团转;看她在新年的鞭炮声里,枝条不断地舞动,舞出一个崭新的春天……

啊,一年又一年,那个和树一起长大的女孩,那个走得再远心也偎依着这棵树的我谈恋爱了,要结婚了。父亲想把树砍了做我的嫁妆,他说那是为我种的树。我说既然是我的树,那就让她继续长在溪岸上吧。父亲同意了。就这样,我把我的嫁妆,日日夜夜放在了露天里,放在了我的村口,托梅溪为我保管着。

总以为,只要溪不老,这树就不会倒的。哪想到,现在梅溪边要做湿地公园了,我家的那段溪堤已被征用了。按规划,那段溪岸得往里退好几米。那么,我的这棵嫁妆树、这棵泡桐树极有可能被挖了……

去年冬天,湿地公园的工程已经开工,梅溪到处一片狼藉。我知道,在这片狼藉之后,将有一个极美的新溪公园出现在我的村边。公园里,会种满美丽的花草和小树。但是,我的心,却像被挖掘机挖过似的痛,五脏六腑,也一片狼藉。我的这棵树,能保住吗?

尽管我已为她大声疾呼,已向村领导乡领导区领导们恳求了多次,希望留下这棵树。但我还是不断地为她担心、担心、担心。我知道,很多建设工程的设计,都是不能以个别人的意愿为转移的。我只能默默为我的这棵树以及她身边的那棵野苦楝树而祈祷了。

大年初一,我特意带着女儿和小侄女,跟我的父亲、弟弟一起,

去看了这棵树。我们一再在树下盘桓、盘桓，一再跟这树拍照留念，我还抱着她的树干哭了……

唉，我的树啊，这个春天，我还能看到你那满树紫花吗？明年春天，后年春天，在我有生之年的每个春天，你还能像以前那样慈祥地注视着我和我的亲人吗？

真没想到，新年里，一棵树，竟成了我最最牵挂的人！

你飞了

"树叶飘落,流沙滑过,风儿吹着,时间的歌……闭上眼睛,时光飞过……这个世界我们碰到过,这个世界我们来过……"妹妹发来那几张图片的时候,我正在听歌——谭维维的《飞》。

顷刻,这歌直接变成泪水飞出了我的眼眶,因为我的那棵树没了,我的那棵棕竹被人砍了。

清楚地记得我和那树相遇的时间,1998年12月31日,我结婚的那天,老文友朱爱英阿姨送给我两盆植物作新婚礼物。一盆发财树,后来被我养死了。另一盆,便是这棕竹。在发财树夭折后,我忙把她移栽到了楼下的公共绿地里。头尾算起来,她今年正好二十岁。

一棵二十岁的树,二十年来一直长得那么青葱那么茂盛那么

葳蕤。可是，二十年来，我也一直在为她提心吊胆着，就怕哪一天她会被人砍了。没想到这一天竟是昨日！

过了年，我还没去看过她呢！昨天我一直在写东西，午前曾去单位，也起过意，想回一趟南区老屋，最后，却回家看了一场爱尔兰男演员斯图尔特·汤森德主演的《引郎入室》。这电影过于香艳轻飘，根本不是我喜欢的那类影片，看它只因我最近一直在追汤森德的电影。没想到，我就这样失去了与棕竹告别的最后机会……

妹妹很懂我的心，在微信里说："姐，昨晚我就发现了，特意等到今天才说，怕你伤心得失眠……"

是的，在这熙熙攘攘的人世间，我就是这么个不争气的人，常为一朵枯萎的花、一片凋零的叶而哭泣，常因心疼身边的亲人、思念远方的朋友而流泪。在喧嚣无垠的滚滚红尘里，我所求的无非是让我喜爱的草木、人物安好而已。但是，意外和疼痛却常常侵扰着我的心。那棵棕竹只占了那么微小的一抔土，在一棵桂树下，卑微地站了二十年，所求甚少，却给了安居小区一道绿绿的篱笆。不明白，这样的绿篱，又妨碍到谁的脚步了？或者，怎么竟成了一种有碍观瞻的杂物？

心疼地闭上泪眼，二十年的光阴，却一起从我的脑子里冲了出来：新婚时我在这棕竹旁目送爱人去远方打工；怀孕后我和同

第十条小鱼

是孕妇的妹妹一起在这棕竹旁晒太阳;孩子出生了,在这棕竹旁一寸寸长高,和她的小伙伴们整天在这棕竹旁嬉闹追逐。孩子们飞扬的笑声,是停栖在这树上的小鸟,也为这从不会开花的棕竹,催开了明丽无比的香花。

是这棕竹,目送我孩子背上书包,第一次走向学校;是这棕竹,眼见着我眼角的皱纹一天天密了;是这棕竹,每年陪伴着我种的栀子树和青枣树,织成了我家园的模样。

搬家好几年了,但我们夫妻一直舍不得出卖或出租那老屋,就因为那里的一草一木一桌一椅,还是我们的家,走得再远,她们也在我们心里。每年春天,我们一家三口都要和这棕竹拍照。每次回老屋,我都会摸摸我的这棵结婚树,摸摸我的静好岁月。没想到,这静好的棕竹,已在昨天消失……

"吵着,哭着,笑了;再见,拥有,飞了;奔跑,痛着,醒了;出生,老去,活着,闭上眼睛,时光飞过。那天迷失的你我,如果有天你会问我,这个世界我们碰到过,这个世界我们来过……"

哦,你已飞了,但在我的生命里,永远走着你、留着你、嵌着你那朴素安详的模样。感谢我们在这个世界上碰到过,感谢你陪伴我走过漫漫二十年的长路,感谢我的世界你来过,我最亲爱的棕竹树!

我们仨的桑坞

去时,我们仨是列队行进的。

回来时,我们仨也是列队行进的。

我们这支小小的队伍,打头的永远是黄褐色的老母牛,排第二位的是爷爷,殿后的自然就是我啦!

我们从位于村北的横街出发,踩着一粒又一粒的鹅卵石镶嵌的小路,经过村里最漂亮的那幢洋房子,折向直街,又踩着一块又一块咕咚作响的石板,缓缓西行,一天天,一月月,一年年,渐渐走成了村街上一道引人注目的风景。

老母牛的样子比较特别,她头上的右角是直的,像把尖尖的匕首,而她的左角是弯的。弯弯的牛角,正好在她的头顶打了个旋,

牛角尖直指向她自己的头皮，总让人担心哪一天那箭头似的玩意，会戳进她的头皮，会在她脑袋上戳出一个血窟窿来。因为有这么一个奇特的弯牛角，所以老母牛的名字就叫"弯用角"。不仅爷爷这样喊她，我这样喊她，全村人都这样喊她。

爷爷的样子也比较特别。因为爷爷的脑袋一年四季总是刨得光光的。只要一感觉发茬扎手了，爷爷就会去找剃头师傅将它刨短来。所以，在我的记忆里，爷爷永远是个光头，头皮青青、脑门亮亮的光头。而且一过了端午，爷爷就不穿上衣了，一条古式

镶白布腰的蓝色粗布短裤,加一条洗得发白的蓝色大腰布(我们村人称之为"汤布"),就是爷爷长夏里不变的装束。爷爷的脊背,起先是白色的,可随着夏阳一天比一天炙热,爷爷的背,慢慢就转成古铜色了。古铜色的爷爷,都年已六旬了,可身子骨儿还是那么结实,仿佛真是铜打铁铸的。他的名字叫永康,村里人却总喊他"永康侬",仿佛爷爷会永远健康长寿呢!

跟在他俩身后的我,样子同样比较特别。因为村里很少有女孩像我这样穿得花枝招展的。我娘是个裁缝,我外公又是邻乡供销社的经理。他们父女同心,常常给我买很好看的花洋布,帮我做很好看的小衣裤。而且,我娘还格外喜欢给我头上扎蝴蝶结。一般女孩发辫上最多扎一对蝴蝶结,我娘会给我扎两对。辫根上一对,辫梢上一对。这样,跟那时很少穿新衣服的同村女孩比,我简直成了一个傻鲁鲁的大花球。因为我的样子比较俏媚,头脑又比较灵活,所以村里人都喊我"小狐狸"。这本是古碓里的孤独老人山海爷给我取的绰号,却一下子在全村流传开了。

一母牛、一老人、一女孩,一个弯用角、一个永康侬、一个小狐狸,我们仨,就这样一日日列队走在村街上——去村西南角的桑坞。

那时,桑坞属于我们第五生产队,而爷爷是生产队的看山人。

第十条小鱼

从我记事起,爷爷从来不去别处干活,只去桑坞开荒、种地、种番薯、种玉米、种柑橘。

一个若大的荒坞,就靠爷爷一个人一锄头一锄头地将它翻出了两垄长长的肥沃的旱地。沿着弯弯曲曲的山涧,左右各有千把米的山坡被爷爷挖成了庄稼地,一直延伸进了五六千米之深的桑坞坞尖,中间,还曲里拐弯地拐出了四五个大小不等的横坞。

整个桑坞,除了弯用角,除了我,根本没有谁来监视爷爷。可是,爷爷还是自觉自愿地一锄头一锄头地开着荒。除了吃饭时间,几乎从不歇力。每当翻出一片新地,爷爷就会迫不及待地种下当季的庄稼。而到了收获季节,那所有的果实,都是属于生产队的。爷爷从来从来就没有拿过桑坞的一个番薯、一根玉米和一个橘子回家。

这也是全队人信任爷爷、让他独自做了几十年守山人的原因。

在村人眼中,我爷爷是个异常罕见的老实人,老实得像个傻瓜。即使放牛小鬼,也常骂我爷爷死心眼。因为爷爷特别忠于职守,小鬼们想到桑坞偷东西,几乎不大可能,所以放牛娃们放牛时,不爱来桑坞。

在家人眼里,爷爷则是个不大指望得上的人。尤其奶奶,她深知爷爷的固执和愚忠,所以从来就不指望爷爷会从桑坞带回任

何属于生产队的东西。

可在我心里,爷爷却是我童年最大的指望,最大的神仙。我几乎一学会独坐,每天傍晚总要坐在门槛上,眼巴巴地等着爷爷从桑坞回家,等着他变戏法似的从装满枯柴的畚箕里为我捧出那些"魔术果子"——山楂、苦槠、酸枣和毛栗子等野生果子。

等我一学会走路,我马上就成了爷爷的小尾巴,成了生产队那头黄母牛弯用角的小尾巴。

我们仨,每天都要列着队去桑坞。牛儿去桑坞吃草,爷爷去桑坞开荒种地守山,我则跟他们去玩。

爷爷在桑坞的横坞里搭了个草棚。草棚是靠在一棵大油茶树上的,可奇怪的是,有一年,草棚顶上、油茶树梢,却挂满了很多野蚕,还结了白白的一层茧子。

在桑坞的横坞与直坞交汇处,有个面积只有五六百平方米的小水库。夏天,水库底总长着一层绵软、细长的水草。我就整天踩着水草在那水库的浅水处游泳。

有时,弯用角来嬉水了,爷爷来冲凉了,青蛙也来凑热闹了。但更多的时候,是我一个人,跟整个水库玩。爷爷对我很放心,我对那水库、那大山更放心,因为弯用角就静静地在水库边吃草呢!因为爷爷那噗噗噗的挖地声,就响在不远处呢!水库岸上,

第十条小鱼

到处开满了雪白的金樱子花——土话叫桃艾花。水库岸上,到处都飞着知了、蜻蜓、蝴蝶和金龟子。

有它们,有弯用角,有爷爷,有桑坞,我那小小的童年,变得多么丰满、丰富和丰润啊!我那小小的心里,总是盛满了巨大的幸福!

中午,有时我们把弯用角放在山上,爷孙俩回家吃饭。有时,我们就吃从家里带来的腌菜饭、白菜饭或憨菜饼、咸菜饼。即使在这人迹罕至的大山里,爷爷也从来不会掏一个番薯,或掰一棵玉米给我吃。

爷爷总是这么一本正经地守着生产队的集体财产,我早就习惯守着满山累累的果实,一个人自得其乐地四处去找野果子吃了。要知道,山里的野果并不比那些爷爷种出来的果实少啊!就连金樱子的刺苗也是可吃的。那刺苗苗,壮壮的,绛红色,剥掉外皮咬一口,有一股清香,还有点甜味会从你的嘴里渗进你的五脏六腑呢!

除了采野果,有一年,我自己还带着把小锄头,在水库尾巴上开了一片属于我的荒地,在那荒地上种了一棵甜瓜。结果,结了唯一的一个瓜儿,我就把我的那个瓜,分成了三瓣,一瓣自己吃了,一瓣给了爷爷,还有一瓣,给了弯用角。

我们仨，在那个大大的山坞里，就那么快快乐乐地做着朋友，也做着大山和天地的朋友。

那，是我童年里最大的一个世界。

那，是我一生里最怀念的一个角落。

后来，弯用角在分田到户的时候，分到别人家去了。

后来，桑坞里那么多爷爷开荒开出来的山地，也全分到各家各户去了。我们家，终于也在桑坞有了自己的山林和旱地，有一片，就在横坞里，有一片，就在水库尾巴上。记得分单干的第一年，爷爷从桑坞挑回好多好多的番薯啊！那，也是他第一次从桑坞往家里挑回他自己的汗水。

后来，爷爷活到九十三岁的时候，因为奶奶去世，他急急忙忙追奶奶去了。

后来，我一个人，走在城市的水泥路上、柏油路上，常常会因突然想起那一母牛一老人一山坞而滴滴答答地落下泪来……

最宽的梯子

无论耳边有多嘈杂的声音，无论眼前有多纷乱的色彩，这两天，我的耳中、心中，全是她们的脚步声，全是她们慈善的容颜……

记得那时，我还没上大学，家里房子窄，我就睡在老屋的阁楼上，就临着那架宽宽的板式大楼梯。一次，得了重感冒。于是，我的床变成了一个临时的诊所，村里的赤脚医生卸荣舅舅爬上楼来给我挂盐水。盐水瓶就吊在蚊帐的帐钩上。

我躺在床上，百无聊赖地盯着盐水一滴滴地渗进我的手臂，听窗外鸟雀啾啾，正听得有点烦了，想大喊一声奶奶或娘，大木板楼梯上，已咯噔咯噔地响起了她们的脚步，有时是奶奶一人咯噔咯噔地上来，手里捧着一杯热开水；有时是娘一个人咯噔咯噔

地上来，手里托着一小碗面条；有时是她们一起咯噔噔咯噔噔地上来，手里也许空空如也，只为了小心翼翼地看我一眼，看一看盐水挂完了没，看一看我的烧退下去了没，看一看我的咳嗽减轻了没；有时，从楼梯上冒出来的，则是外婆，外婆跟我同住一个村庄，但住在远远的村西头，可她也一趟趟地爬上楼来看我……

总之，一瓶盐水没挂完，我的奶奶、外婆、娘亲已从那架大梯子上来了十几、二十几次。那咯噔咯噔的脚步，那焦灼的眼神，那满脸的慈爱，那软语款款的问候，是那么暖，那么亲，那么美，以至于我从此爱上了生病。

这两天，也重感冒了，也发烧了，心里总响着她们的脚步，总晃着她们的身影。昨夜，咳得急了，想得急了，忍不住嚎啕大哭。

耳边又响起了急促的脚步声，整个人又被焦灼的眼神笼罩了，那是我的另一个亲娘——我的婆母大人，她被惊得从她房里跳了出来，冲到了我的床边。婆婆的脚不好，她的脚步总是一声重一声轻的，跑动起来，显得特别细碎、拖沓和着急，那样的脚步，在我心上不由得又竖起了一架宽宽的大板梯子。

今天傍晚，闺蜜江建飞还将我拽到厚德堂去看病了。本来，我从另一好友那得到一个艾草煮蛋的偏方，是想一直坚持吃艾蛋，不去看医生的，可是，建飞怎么也不放心，昨晚擅自去帮我预约了名中医邱医生，今天我只好乖乖跟她去了医院。

邱医生晚上出诊，我们晚饭没吃就来了，因他病人多，我们一直等了两小时才轮到。建飞一直饿着肚子陪着我，素来有药物过敏症的她，今天戴了两层口罩才敢走进医院，但她始终紧紧握着我的手，一直用肩靠着我，反复抚摸着我的额头，因我一直在咳个不停。

后来邱医生说："你在发烧、巨咳，这是典型的流感，而且是甲流，今天如不来医院，明天也许就转成肺炎啦！"

听邱医生这么说，建飞得意地冲我一笑："我是对的，是吧？"

在好友那张仅露出一双眼睛的笑脸上，我再一次看到了一架宽宽的大板楼梯，暖暖地从这位"发小"的心房里伸出来，一直搭到了我的心里。

一转眼，我就从当年那楼梯顶上的美丽少女，变成了今日这个劳碌不堪的中年妇人。一转眼，我生命里最重要最珍爱的那几个女人，妈妈、奶奶、外婆，都不在了。但人间的暖还在，我身下的大梯子还在。

不禁再一次爱上了生病，不禁再一次感谢起重感冒这劳什子来。是它，让我再一次意识到，我的生活原来是那么富有，因为我的生命中，始终有一架最宽的爱的梯子在坚实无比地支撑着我！

水之南

那天，下着冷冷的冰雨，小舅公和我，却一人打了一把伞，去山上"看"老太。

在我印象里一直都寡言少语的小舅公，那天的话语却如霏霏细雨，下个不停。他说他三岁时，亲爹就因和大伯争吵被大伯失手打死了，他九岁的大哥留在老家蕉坞帮人放牛度日，他六岁的姐姐被迫送给人家做童养媳，受尽坏婆婆的折磨，后来幸亏那户人家的儿子被国民党抓了壮丁消了踪迹，她才嫁到衢县五十都村过上了好日子，而他则随娘改嫁到水南村。虽然继父是远近闻名的裁缝，家境不错，但他和继父始终不是很"黏"，真正心疼他的只有他的母亲也就是我的老太，她会偷偷拿钱给他买烟抽，会千方百计留些好饭菜给他吃，会在他受委屈时温柔地安慰他……

第十条小鱼

那天,我们祖孙俩在泥泞不堪的山路慢慢悠悠地走,小舅公慢慢悠悠地跟我聊着他的人生经历,可这"慢慢悠悠"中,却抖露出一个又一个惊心动魄的故事:八岁时,小舅公去一远房亲戚的渔船上做客,晚上去船头小便,一不小心跌进了常山溪,当时亲戚根本不知道他落水了,他在常山溪里一直漂了四五里路,才被另一个渔民发现救起;九岁时,小舅公去给村里某大户人家放牛,在山野里捡到一罐银元,却被同伴抢走了一半;七十多岁时,他曾出过两次车祸,两次皆被大货车撞了,可都侥幸活了下来;八十四岁时,他因心动过速去浙二医院做了一次大手术,生死也在一线间⋯⋯

"我命贱,所以死神一次次放过了我!"那天,小舅公曾如此自嘲。其实,他还忘了跟我说最重要的一件事,因为二十五年前,小舅公曾患过胃癌,曾在杭州半山医院住院一月,出院后,他硬是用坚强乐观的心态,战胜了癌魔。所以,看去如此卑微如此普通如此平凡的一个老头儿,其实,却是生活中一个不折不扣的英雄呢!

那天,我们在雨中走了一路,谈了一路,等上完老太的坟回到小舅公家里,我和小舅公俨然已成了忘年交。

以前,我只知道常山县这个名叫水南的村庄里住着我的亲人。

从那天以后，我觉得那里还住着我的老朋友。这个名叫水南的村庄，对我来说，也有了非同寻常的意义。

两年多过去了，我依然常常想起那天我和小舅公冒雨上山的情景，想起路边那些黄而倔强的雏菊，想起山脚下那些青而坚韧的橘树，想起小舅公那瘦小而坚挺的身影。

最近几天，不知何故，我格外想念他，正寻思着什么时候去看看他，今天傍晚就接到了我小舅舅的电话，说小舅公突然因脑溢血而陷入了昏迷。于是，我连夜和弟弟、爸爸赶去看小舅公。他老人家已不会应答我们的呼唤，也无力再睁开眼睛看看我们了。不过，我看到他非常努力地挪动了一下嘴巴——其实，他是多么想再和我们说说话呀！

我们静静围在他床前，他的眼角缓缓渗出一颗浊泪。

望着那颗泪，我忍不住悄悄地哭了。泪眼蒙眬中，我再一次想起了前年正月我们的雨中行，想起了小舅公对我的长长的倾诉，想起了我们祖孙俩留在那山路上的笑声，想起了我们那两双灌满亲情的深深的脚印……

我出生时，小舅公已经五十二岁了。我不到半岁，就被母亲带到水南村——她外婆家来了。那时，母亲和她的继外公天天起早摸黑去各家各户做裁缝，我则整天站在"狗桶"里，看极爱清

第十条小鱼

洁的老太没完没了地搞卫生。听说那时我的小舅公一得空，就会跑来抱抱我，虽然他自己也有一大群孩子，那些孩子也并不比我大多少，但他还是会尽力分出精力来照顾一下我这小小的"西安人"（常山人对衢县人的一种习惯性叫法）。

这一生，小舅公都是水南村最老实巴交的农民。可是，他正是凭着一双勤劳的手，兴旺了一个大家族。如今，二三十个子孙个个都挺有出息的，根本不是他小时候那孤孤凄凄的模样了。孩子们也特别孝顺他，去年，他都八十八岁了，他的二儿子金华还特意带他去北京看了天安门、看了毛主席，完成了他这辈子最大的心愿。

今晚，看昏迷之中的小舅公躺在床上，看他的儿女、孙儿女们团团围着他，就像看一棵大树，躺在地上，枝叶虽然散了一地，可头顶依然缀满星辰。他虽然倒下了，但是，大地会怀念他的绿荫，果实将永远感恩他赐予的芬芳和甘甜。

水之南，水之南，那里，有我婴儿时代的故事，有我二十多个亲人，更有我念念不忘的老朋友小舅公。

我祈祷，小舅公这棵大树还能站起来，还能在雨中陪我上山，款款地跟我诉说他一生的酸甜苦辣，还能微笑着挺立在水之南，用百岁高寿写下他人生新的高度！

秋千岁月

回南区老屋,在门前秋千旁,突然看见一个陌生的小女孩,正抓着肚子上的衣服,轻轻地哭。

秋千上,一个八九岁的男孩,本来正悠荡得欢,见女孩哭了,忙从黄色的秋千椅上一跃而下,从挂在秋千铁链上的一个塑料袋里拿出一节甘蔗,问那女孩:"妹妹,你还要甘蔗吗?"女孩冲他摇摇头,哭得响了。尖锐的哭声,把刚刚围过来的暮色,戳得仓皇逃窜,戳得那小哥哥也不由自主地后退了几步说:"别哭呀,你是不是要坐秋千?我抱你上去吧!"女孩却更加激烈地摇头,抓着肚子上的衣服,哭得更响了……

我不由自主朝男孩女孩跑了过去。其实,那男孩我是认识的,是我五楼的小邻居。只是多时不见,已从一个黑黑的大眼睛小胖墩,长成了一位清俊的小少年。

"诚诚,这是你表妹吗?"我问男孩。因为跟诚诚比,那小女孩皮肤格外的洁白,眼睛也比较小。

"是我亲妹妹呀!你不知道吗?"诚诚抬头诧异地望着我,"她明年都要上幼儿园啦,难道你还不知道她是我妹妹?"

这小哥哥的口气，仿佛全世界的人都应该认识他妹妹似的。

我笑了，一边向哭泣的小妹妹伸出手去："阿姨抱抱好吗？"我以为女孩肯定会拒绝我这个完全陌生的阿姨的，没想到，女孩居然亲亲地朝我扑了过来，乖乖地被我抱了起来，而且居然立刻不哭了！

我抱着小女孩坐在秋千椅上，咯吱咯吱荡着秋千。秋深了，铁椅子钻屁股的凉，可那孩子用手摸着我的脸，把我的心摸得暖暖的。而且，一下子，还摸出了我两眼泪。因为我突然想起女儿小时候，我这样抱着她坐在秋千上的情景……

女孩的手，从我脸上摸下来，一会儿就握住了我的手，把我的手拉到了她肚子上。我隔着棉毛衫轻轻一摸，发现有好几块硬硬的小东西被女孩裤子上的松紧带卡住了。我掀开女孩的衣服，啊呀，一下子掉出好多甘蔗渣呀！

女孩笑了，她的小哥哥也笑了。女孩冲哥哥招招手，哥哥把她从我怀里抱走了。他们这对小兄妹，笑着取下甘蔗袋，一溜烟朝楼上跑去，只留下我，坐在空空的秋千上，坐在满满的回忆里，

第十条小鱼

坐在四合的暮色里，泪流满面……

在我搬家后，这架秋千有条铁链坏了，本来差不多都要被当废品拆走了，是我特意去买了铁链修好了它。当时很多老邻居在旁观，有人甚至笑我："你现在都不住这了，还修什么呀？"他们不知道，我修的是自己的生命记忆，我链接的是我孩子的童年。

今天，看见这架秋千，在这个长大了的男孩和我一点儿也不认识的小女孩身边飞扬，我真的很欣慰！

岁月的脚总在悄悄往前走，走向成熟，也走向衰老，走向死亡。可是，我们的脚印会留下来，留在老家的田野里，或留在这城里老屋门前的秋千上。而且，脚印里还会开出崭新的花来，多好啊！所以，我一边流泪，一边抚摸着身下的秋千，一边甜甜地笑了，像个傻子一样！

第三篇

感·臻存每一份触动

大风起兮

牙疼，去中医院找老同学方欣看牙齿，在三楼的口腔科走廊外看到了一院子怒放的辛夷花，好不惊喜！自然，牙疼也减轻了好几分！觉得这长在医院中心庭院里的红花是最慈悲的花朵，因为它们不知给多少病人带去了安慰！

从口腔科出来，起风了。走廊外，辛夷花在风中猛烈抖动着，但那一朵朵娇弱的花朵依然指向天空，仿佛一支支饱蘸着紫红颜料的毛笔，正对着天空那巨大无比的宣纸作画。大风中，只见这支画笔在狂舞，它作画的速度之快根本无人能敌！当然，这风中之花的美，也无人无敌！

不，我错了。当我看见那对孩子时，我才知道，人间原来还有风景比那辛夷花的舞蹈和图画更美。

大风中，那一对孩子紧紧偎依在一起，偎依在一辆人力三轮车的车斗里。男孩女孩都只有七八岁，才上小学一二年级的样子。男孩穿得比较单薄，烟灰色棉毛衫外套了一件蓝格子的棉夹克，肤色黝黑，方方正正的脸上透着一股倔强。女孩穿件深蓝色棉袄，袄子拉链没拉，从里面那件红色毛衣的胸口跳出一只小白兔。小兔虽是绒布拼贴的，但肤色如雪、神情活泼，煞是可爱。而那女孩跟她胸口的小兔一样白净、秀气，惹人怜爱。

我见到他俩的时候已近下午五点，正是放学时分。他们也正坐在车上，被大人带回家去。一个六十来岁的老伯，正在三轮车前奋力蹬着车子。

那时，大风仿佛迷住了天地的眼，整个衢城都陷入了一片可怕的灰色，路上，全是狂舞的尘土和樟树落叶。我从医院出来，骑着电动车往城北赶，电动车几乎都要被大风吹翻了。可是，那对孩子，竟然躲在三轮车的车斗里津津有味地合看一本书。你翻一页，两人头挨着头，看上一会儿，扬起几片笑声；我翻一页，两人头挨着头，看上一会儿，再扬起几片笑声……

大风把他们无忧无虑的笑声送出好远，也把他们的头发吹得竖了起来。男孩头发短，不碍事，可女孩头发长，她脑后的那把马尾辫，不仅在风中乱飞，而且还做着一个个前滚翻的动作，翻到女孩脸上来了，不断拍打着她的额头和眉眼，还不断拍着男孩的脸蛋。啊呀，那根马尾辫呀，现在简直变成了一根马尾鞭，不断抽打着两个孩子。可他们竟然没察觉那根鞭子对他们的骚扰，只是一边看书，一边用手无意识地拂开那鞭子，最后，女孩干脆一把将辫子揪住了，这下，风再也甩不动那根马尾鞭了。同样，当那些飞旋的樟叶落到男孩女孩身上，拍打着男孩女孩的脸颊时，也被他们无意识地用手的扫把一一扫走了。男孩女孩的注意力全在那本迷人至极，但我还不知其名的书上。

我慢慢跟在他们身后，当然，我的注意力全在这对小书迷身上。因为全神贯注观察着这对孩子，心跟着他们的笑声尽情飞扬着，所以，我已经完全忘记了自己的牙疼，甚至忘记了大风对我的鞭打……

哦，今天，大风中的辛夷花，是最美的书画家。而那对孩子，则是书画家用最柔软芬芳的花笔，蘸着最灿烂美好的颜色画出的天使！

火车上的春天

去省盲校做公益讲座,在衢州火车站五号站台上等车,偶然一回头,心竟仿佛被火车头重重撞了一下,痛得我蓦然满上两眶泪。因为,我仿佛遇见了我那去世了的亲娘……

她正缩在一辆轮椅里,头上戴着烟灰色的羊毛帽,身上披了一条白底大花的浴巾,躲在一根大圆柱后避风。她的双腿不住地颤动着,消瘦的脸,尖尖的,干干的,像一枚愁苦无边的核桃。她整个人,也缩成了一枚核桃,在初冬的风里,蜷成小小的一团,仿佛随时都有可能被疾病的魔手捏碎,碾成一摊细细的粉末。

乍一看,她真的像极了我母亲在世时的样子,只是陪在她身边的那个男人我不认识。他也瘦瘦的,不够滋润,但憔悴中难掩一身的文雅气质。这男人也许是那老妇的儿子吧。他要比我父亲年轻一些,比我弟弟则老一些,他脸上那平静中带着无奈的温柔,倒跟我的父亲和弟弟很像。

只看了一眼那老妇和她的儿子,就让我想起了母亲患病之后那长长漫漫又短如一瞬的四千多个日子,我眼中就"嘭"的炸开了两个大泪包。我站在人群中,一边悄悄抹着泪,一边偷偷凝望着他们,心都碎了……

没想到,他们竟跟我是同一车厢的,等我找到自己的位置坐定,抬了头打量着车厢时,正看到那清瘦、疲惫又温柔的男人,抱着瘫痪的老娘从对面车门走进来。只见他在人群中默默躲闪着,艰难前行着,一边走,还一边笑着安慰老娘:"快了,一会儿就找到座位了。"

看着那一幕,顿时,我看到了过去弟弟抱着母亲来来去去的所有时光。我再一次哭了起来,同时,心里对那个陌生男人生出了满满的爱意,仿佛,他就是我嫡亲的兄长!

同一车厢,那瘫痪老妇和她儿子座位后面,有个五十刚刚出头的妇人,是我的乡亲。

当那儿子将母亲轻轻放在座位上时,我那乡亲正好解下她背上的一个大包,把那包中的一个电热器搁上了头顶的行李架。然后，她把一个黑色旅行箱和一大包衢州烤饼也扛了上去。而在车门边的行李架上，还有一个巨无霸似的大箱也是她的，里面装满了茶油米面之类的土产，重得我几乎拎不动。

那乡亲刚做奶奶不到两年，是去上海儿子家带孙子的。她一个人，带了三大件行李，从我们老家五十都村出发，先坐大巴到城北，又从城北赶到最南端的火车站，进站后，幸好遇到了我，帮她"分享"了一个大包……瘦瘦弱弱娴娴静静的她，等下到了上海，虽然有儿子来接，但下车、出站，肯定又得大费一番周折。

这个恨不得把整个家、整个村庄都搬去上海的女人，就是母亲了。这瘦小女人肩扛手提的，就是她全部的母爱了。母爱的力量，简直能把世界上最文弱的女子也变成超级大力士呀！

所以，等到这样的女人老了病了，让儿子温柔地抱一抱，是应该的，也是一种最大的安慰与享受吧。

每次出门，都会遇到一些让人感动的人和事。今天我遇到的这两幕，合起来，恰是一段完整的人生呢！

最后，看我那乡亲稳稳地在座位坐了下来，在冬天里拿出手帕，细细擦着额头和脖子上的汗珠，再看看她前面那一对脑袋挨着脑袋正在轻声说笑的母子，我仿佛看到了人间全部的温情，看到了一个活生生的冬天里的春天。我抹掉眼角的泪花，开心地笑了。

小小举牌人

高举着那块红牌子，唢呐吹着，锣鼓敲着，鞭炮轰着，大人拥着，在整个村庄游行了一大圈，回到项家老祠堂门口时，他冲一个羡慕万分地盯着他的小哥哥笑了一下，高喊了声小哥哥的名字"项宇凡"！结果，他被一旁的高门槛绊了下，人晃了三晃，牌子摇了九摇，差点没从他手里抛出去。他急得扶住门槛，把牌子的木杆使劲往腋下一夹，这才稳住了自己，然后高高抬起左腿，跨过门槛，又高高抬起右腿，把自己和那牌子一齐送进了老祠堂，这才长舒了口气——终于，他完成了一项光荣而艰巨的任务！

他叫项云毫，今年十岁，是个小学四年级的学生，黝黑、干瘦、小眼睛小鼻子，连说话的声音也特别小。今天他的父母、祖父母都不在村祠堂的祭祖现场，他却因在村里属于二十六世"伯"

字辈的代表,被村支书请来扛"伯"字大牌来了。跟他同行的全是大人,那些二十世至二十五世的代表按年龄全都可做他的太公或爷爷了。但这孩子面对那么多记者的照相机、摄像头,面对全村人的千端详万打量,竟然毫不怯场。这个孩子,真是龙游县横山镇项家村祭祖活动中的一个小小的奇迹呀!

他早上七点多钟就来到了老祠堂,等到九点钟仪式开始,一直安安静静地守着他的"伯"字牌,当祭祀活动的司仪、主祭还有村支书们念着那长长的祭文,发表着慷慨激昂的演说时,他仍然笑吟吟、静悄悄地守着他的"伯"字牌。而当游行活动开始时,他为了把牌子举得和大人们手中的牌子一样高,就变成了一脸严肃的"长臂猿"。

游行队伍最前方,有一对长喇叭开路。喇叭后边是鼓乐方阵,是抬全猪全羊的祭祀方阵,接着由一位身穿战袍的"项羽大王"扛着"项"字大旗,旗后,就是扛着二十至二十六世各类字牌的代表方阵了,在他们身后,还有腰鼓队、鞭炮队。这小小的项云毫,被一百多个大人围簇着,被全村一千多人追随着,被那空前的热闹裹挟着,脸色却始终又淡定又沉着,又认真又端庄。

他一定是觉得自己手上那牌子的份量太重了。他知道今天走在自己的村道上,不只有他自己在走,而是代表着整整一代人、一辈人在走,所以,他必须走出点样子来,即使手臂举得酸痛酸痛的,他也必须装出轻松自如的样子,明明蹙着眉,嘴角还保持着一丝微笑,笑得那么坚强而大方。

整支游行队伍在村庄最高处祭过祖坟后,开始慢慢往回走了。这时,项云毫的神情总算放松些了。路边有小孩喊他的名字,他也肯答应一两声了。越靠近祠堂,追着他不断叫他名字的孩子越多。他在笑眯眯答应别人的同时,竟把自己手中的牌子越举越高,甚至高过了所有大人手上的牌子。那牌子上写的字虽然是"项氏第二十六世伯字辈",可在项家村孩子们的眼里,分明写的是"我自豪,我骄傲"这样的字眼。

是的,等回到祠堂门口的时候,项云毫终于自豪万分地呼喊了一声他同伴的名字"项宇凡"。啊呀,这一喊,却差点被高过他膝盖的门槛绊了一跤……

我一直追着这孩子跑,一直在观察这孩子,看他"遇险",忍不住大喊了一声:"宝贝,小心!"幸好,他抓住门槛,夹住牌杆,

霎时就稳住了自己,并顺利地把"伯"字牌扛回了老祠堂。

这时,我听见他长长地舒了口气。我,禁不住也长长舒了口气……

今天,我是以衢州市民间文艺家协会副主席和秘书长的身份被邀请去参加项家祭祖及百家宴活动的,可在我眼里,我只看到了这个与众不同的孩子。他虽然其貌不扬,虽然普普通通,虽然平时胆子很小,在所有的课程里,只爱音乐,但在今天这样一个声势浩大的活动中,他却是当仁不让的一根大梁!他和他手中那举得高高的牌子,今天进一步向世人证明了一个真理,那就是一个孩子身上的潜力是无穷的,无论多么不起眼的孩子,你都不应小看他!

青春点灯

五点半刚过,天地还像一团墨似的拥抱在一起,我就等在世通华庭的北门口了,等我小舅、老爸他们,结伴去给刚刚仙逝的小舅公送行。

风刮在脸上,就像做新娘那天绞脸的棉线刮过脸颊的感觉,微微有些痛,也有浅浅的恐惧,那时的未来就如这天地,还一团混沌,看不清自己到底会遇到怎样的命运……

但就在那微微的疼痛和浅浅的恐惧里,有一盏灯,从小区公园边的甬道上,远远地"探"出头来。

那光,起初是一个淡黄的小圈,渐渐的,就变白变亮了。

见了它,我心里一阵惊喜:"小舅的车来了!"但又一想,轿车的灯,应该是双盏的,这光显然不是啊!

不一会儿，那光摇得近了，我终于看清，那原来是一辆自行车的车灯。是谁这么早就出门骑行呢？我正努力睁大了眼看，那车已滚到了我眼前。车主竟是个十六七岁的男孩，肩上背着书包，头上戴着厚厚的绒帽。车灯映照之下，他的脸色白白的，鼻子冻得通红通红。

只一晃，那男孩就从我身边闪了过去，朝衢州二中方向飞快骑去。天地的那一大团浓墨，被他一搅，似乎被水冲淡了一些，天边竟轻轻漾出一抹鱼肚白来。

真没想到，为这小区最早点亮灯火、点亮黎明的人，竟是一个半大的孩子，一个衢州二中的学子！

正当我望着那男孩消失的方向感慨万千时，"哒哒哒"，"哒哒哒"，一阵急促的脚步，猛然从我身边窜了过去。哦，是个胖胖的跑得气喘吁吁的高个子男生，他也背着书包，奋力朝衢州二中那边跑去。接着，又是一阵"哒哒哒"的脚步声从我耳边轻捷掠过，不过，这回的脚步声要柔和许多，从我眼前飘过去的人，是一位身材曼妙的女孩，是一位如花的少女。这奔跑着的少女，有一张瘦瘦的瓜子脸。那脸，在黎明的第一抹微光中，摇晃出一片葱白。

见了这少女，我不由得想起了自己的女儿。此刻，我的小家

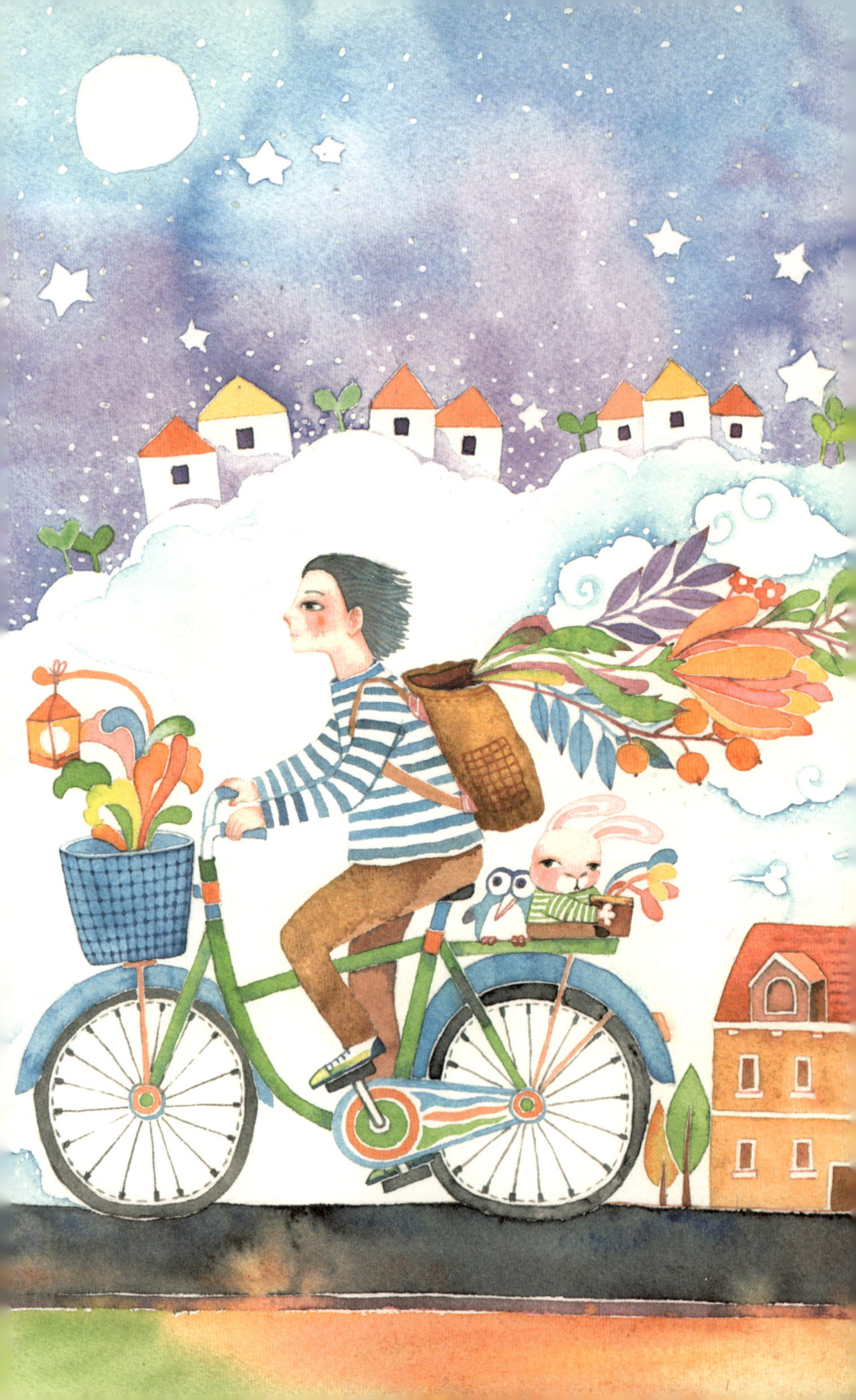

伙一定也起床了吧？脸色也是如此一片葱白的吧？因为她是高一新生，所以我们家离二中虽只有几百米的距离，她还是按学校要求住校了。不过，就是这几百米的距离，她一周之中也忙得从没时间回家。即使周六中午回家了，吃过饭，她立刻又会背上书包，匆匆忙忙地朝学校图书馆跑去……

奔跑，奔跑，奔跑，永远在争分夺秒地奔跑，这正是所有二中学子的一个共同特点吧？

心疼这些孩子起得这么早！心疼这些孩子不得不拥有这样的青春！但也真心佩服他们这种努力点灯的精神！

这青春的灯，虽然点得很辛苦，但也正是他们，点燃了一个个家庭的希望，点燃了我们中华民族雄起的梦想！

孩子是我们心头的灯，而孩子勤学的脚步，是点亮天地的大灯。

对我而言，正是女儿这盏可爱的小灯，给我的现在和未来，带来了一团温暖而确定的光明……

风从英伦来

看见那四个年轻人时,他们正骑着自行车,朝地上一个一闪一闪亮着红光的摄像机冲去……

"哇,摄像机不要被他们碾碎呀!"好友笑贞忍不住担忧得叫了起来,"喂,还是我来给你们拍吧!"说着,笑贞竟笑着拦住了那几位自行车手。

"她是著名摄影师啊,快把相机给她!"我忙在一旁推波助澜,冲四人中那张唯一的亚洲面孔喊道。

那个瘦削又清秀的二十来岁的大男孩,立刻开心地把脖子上的单反变焦相机摘给了笑贞。笑贞急急退后几步,蹲下,认真地调好焦距,对那几个年轻人喊道:"你们骑过来吧,我给你们高速连拍,保你们满意!"

四个大孩子虽然有三个也许都听不懂笑贞的话,但都笑眯眯地冲笑贞手中的相机骑了过去。笑贞咔咔咔一阵狂拍。待她起身,把相机还给那几个大孩子时,看着笑贞为他们留在相机里的倩影,他们都满意地点点头,高兴地说了一大串"三克油"和"谢谢"。然后,他们就去出租自行车的地方还自行车了。

这是在西安古城墙的大南门路段。西安的古城墙宽达二三十米,一路走去,全是租了自行车在上面骑行的外国人。那些外国人中,又以少年人、青年人居多。而我们刚刚遇到的那四人,就介于少年与青年之间。

跟那四位青少年告别后,我和笑贞等人慢慢往前走着。突然,一个笑容璀璨、长发披肩的黑人女孩猛然从后面冲上来,拉住了笑贞的袖子。笑贞回头一看,立刻笑着问:"你们还要拍照吗?"原来,这长得俊俊俏俏、黑棕色皮肤的女孩,就是刚才那四位自行车手中的一位。"来,要拍的话,把你们的相机给我吧!"笑贞说着,就热情地去摘那女孩脖子上的相机。

"No,No!"女孩连连摆手,又指着笑贞脖子上的相机叽里咕噜说了一大串话。"用我的拍很麻烦的,还得留你们的地址,还得给你们寄照片,那样太麻烦了!"笑贞也连连摆手。一时间,

第十条小鱼

她们两人的手摆来摆去，都把她们自己摆出了一脸的茫然。

幸好这时那个亚洲面孔的男孩走了过来说："她是说，刚才你们帮我们拍了合影，她想也帮你们拍一张！"

"啊，她真好心！但我们不用的，不用的！"笑贞连忙拒绝。其他两位同伴也笑着说："不用麻烦的！不用！"

但我看着黑人女孩那一脸如火的热情，不想给那火上扑水，所以冲她点点头说："拍吧，我正想和我的同事们合个影呢！"我的同伴们听我这么说，都点头同意了。

于是，黑人女孩极认真地帮我和其他三位同事拍了合影，还提议他们几人与我们合照一张。就这样，我和那三位外国孩子在一千多年的古城墙上，留下了一张特别温馨的纪念照。

"孩子，你们是哪个国家的？美国吗？"临告别时，笑贞问黑人女孩，仿佛她跟她完全没有语言隔阂似的。"他们来自英国！"亚洲面孔的男孩代黑人女孩答道。"你们英国人真有教养啊！我的孩子恰好在英国留学呢！"笑贞赞道。于是，那些英国大孩子都大笑起来。

阴阴天底，只觉一股暖风，迅速从英伦岛吹了过来，吹上了古城西安这高高的大南门，也吹暖了我整个身心……

锄头男孩

那把锄头,被六楼的男孩傅予墨高高举起,划过一道阳光,划破一团花影,阳光和花影都从银亮的锄头尖飞了起来,落到男孩消瘦的脸上,使这个白雪似的男孩,更添了一层明净、皎洁。

一眼看去,这个男孩是如此娟秀,跟个小丫头似的。没想到,他最喜欢做的事情,居然是天天握着那把小锄头,在小区里种东西。

前天,我看见他在一棵桂树下挖坑,身子弓得像个小虾,屁股直指蓝天。隔了两米远,就听见了他那呼哧呼哧的喘气声。

"小宝贝,你在干什么呀?"我问。

"种甘蔗呀!"他抬头看了我一眼,骄傲地回答。说完,还用手抹了把头上的汗珠。

"哦,种甘蔗啊,厉害厉害!"我笑了,因为我看见他把一撮黑泥抹到额头上去了。那撮黑泥,给细伶伶的他化了一个妆,一下子使他变成了彪壮的农夫。

但我不知道他种下的甘蔗,是怎么得来的。也许,就是他妈妈给他从水果店里买回的刨皮甘蔗段吧。这样的甘蔗,种下去,什么时候才能发芽、长大呢?

其实,这孩子种下去的,不过是他自己亲近泥土的一个梦想而已。昨天,有小雨。可下班时分,我又在楼下看见了六楼的这个男孩,还有他的小锄头。

他套着件小棉袄,穿着双高筒雨靴,正把小锄头高高举过头顶,奔跑着,踩过一地的积水,往小区公园方向跑去。

那时风很大,气温很低,他白皙的脸蛋,都被风儿吹红了,鼻子尖更是红如草莓。那小锄头在他手中晃晃悠悠的,仿佛一片银亮细长的叶子,正在大风里使劲地飘摇。

"啊呀,小宝贝,你又去干什么呀?"

"公园里很多花儿落了,我去种花!"他简短地冲我喊了这么一句,就飞快地跑远了。

"啊,种花?"我抬头远眺,看着在大风细雨中簌簌摇动的红叶李花和白玉兰花,笑了。

我替那些飘零的花儿高兴,因为有如此可爱的孩子,如此温暖的童心，顶风冒雨，来为它们做一个花冢！

今天，放学时分，我正好提着拉杆箱出门，要赶火车去温州苍南县做一个星期左右的文学讲座。真巧，我刚下楼，那小男孩又举着他的小锄头，奔跑着，越过了我的身旁。

"哈，小宝贝儿，今天，你又要去种什么呀？"

"下午，我在学校的池塘边，捡到了一根柳枝，同学都说，柳枝一定能种活的！所以，我现在要去种柳树！"

"你的柳枝呢？"我仔细瞅了瞅他，只看见微微西斜的阳光在他的小锄头上抹了一层亮釉，只看见红叶李碎碎的花影从锄头尖上飞起来，把男孩的脸，辉映得更白净了。

我根本没看到柳枝呀！

"我身上没有柳枝的。"男孩呲着一嘴小小的糯米牙，笑了，"我的柳枝在学校里呢！"

"难道你要去学校种柳树？你不是才回来吗？你的学校不是挺远的吗？"我知道，男孩今年刚读了小学一年级。

"放心，我妈妈在大门口的车里等着我的，会带我去的！"男孩说着，笑着冲我挥挥手中的小锄头，跑远了。

他的身影，纤细如草。可是，他的爱心，他的梦想，却是如此葳蕤茂盛，像这世上最高俊的一棵梧桐。

宁静的燃烧

看着那团红红的火焰,在人群中间袅娜地飘动,热情地旋转,陶醉地摇摆,甜蜜地飞舞,我就像一只呆呆的飞蛾,心不由得朝她扑了过去。这还是第一次,我被一个孩子的舞蹈如此有力地拽了过去。

其实,严格来说,她那根本不像在真正地跳舞。场地太小了,由六张课桌围成的那个长方形空间,还不足两平方米吧?她的个子又高,修长的腿和细长的胳膊,这样的场地根本就不够让她完全施展舞艺。伴奏音乐也是后来才加入的,而且音量很小。最主要的,在每一张课桌外围,都坐着几个孩子,在拍桌,在顿足,在欢笑,在对着她指指点点。

要是换了我，最多比划三五下，也就算完成任务了。毕竟，这既不是正规的文艺晚会，也不是什么舞蹈选拔赛，这只是"击鼓传花"游戏中的一部分啊！

当我用一个农夫山泉的矿泉水空瓶，敲着一个铁脸盆的底座，让前来上作文班补课的十几个学生传递由谢涵君同学提供的那个甜橙，玩起"击鼓传花"这毫无创意的游戏时，我只是为了给孩子们一些写作的素材而已，我并不期待那些得到"甜橙花"的"幸运儿"，要多么刻意地去展示他们的才艺。在上午的作文课上，中了"花儿"的孩子基本上都用说笑话、猜谜语和脑筋急转弯的手段蒙混过关了。虽然有个男孩徐启腾出乎意料地表演了"吃花"节目（上午的"花"是根香蕉），赢得了全体同学的一致喝彩，但我觉得，刚刚被"甜橙花"击中的这个女孩周凯乐，根本就不具备徐同学那种机灵鬼、滑稽鬼的特质，所以，当她站起来的第一刻，我对她根本就没有任何期待。

这个女孩跟了我一个学期，写作能力虽然有所提高，但进步也不算太大。每周，她总是微笑着，静静地踏进我的教室，静静地听我讲课，静静地写完作文，再静静地离开。其他女孩在下课时会叽叽喳喳地围着我说话，但她不会。

也许是她比同龄女孩都高，甚至高出十几、二十几厘米的缘

第十条小鱼

故,她看去总给我一种骆驼闯进羊群的惊诧感,甚至笨重感。她在我眼里,是不善于表现自己,也不善于与人沟通的一个六年级女生。

当她不小心被"甜橙花"砸中,当她晃动着她那高高的身子站起来的时候,我甚至情不自禁地说了句:"别紧张,确实想不出啥节目,背一首唐诗也可以的!"没想到,她竟然微笑着轻轻说道:"我来跳舞吧!"

啊,我做作文老师差不多十五年了,"击鼓传花"游戏是我每学年的保留节目,但在这游戏中主动要求跳舞的女孩,记得才有过一两个。

我讶异地望着她,怔住了,过了差不多十秒钟,才点点头冲她说道:"好啊,周凯乐,欢迎!欢迎!"说着,我的目光在四十来平米的教室里来回扫视着,想找一块合适的跳舞场地给她。

还没等我找到,周凯乐已经一甩长腿,跨过她自己的课桌,跳到了桌子与桌子中间的空洞里。她用手一拢黑黑的长发,站直了身子,左脚探前一步,微笑着看着一个塞着耳机听音乐的女孩,朗声说道:"徐雯,请你用你的手机帮我搜一下TFBOYS的《宠爱》好吗?"

"哇,《宠爱》啊?好!"总爱在我作文课上听音乐,总摆着一副超然物外神态的美少女徐雯，听了周凯乐的请求，居然一下子激动了起来，马上扯下自己的耳塞，开始手忙脚乱地搜歌。

"啊呀，浪费时间等于谋财害命啊！周同学你先跳吧！"胖胖的谢涵君性子比较急，见一分钟过去了，徐雯还没搜出那歌，就用他特有的高嗓门、亮嗓门喊了起来。

"好吧，好吧，我开始了！"周凯乐老好人一般地笑着，答应着，一甩长发，立刻旋开了舞步。

她先背着长长的手，轻扭着腰肢，旋转，旋转。然后，双手在两肩部柔美地滑动着，柔曼地画着圆圈。又做了一组甩水袖的动作。这时，她自己先享受地闭上了眼睛，在自己的舞蹈里，调皮地跳跃，轻灵地飞飏！

今天，她恰好穿了件长长的红棉袄。那一团红，不知为何，一下子就在我眼里幻成了一团火。

恰在这时，伴奏音乐被徐雯放出来了，虽然声音很轻，虽然四周的同学并不如我这"飞蛾"看得那么投入，尽在那儿笑笑闹闹的，但是，音乐还是很快就给我眼前的那团火添了风、送去了翅膀。她跳得更尽情了。她变成了火中的一只凤凰，亮丽逼人，光彩熠熠！

我的心，一直在那火焰前惊叹着，惊叹一个那么平凡的孩子

第十条小鱼

身上,竟然积蓄着这么丰沛的一股活泉,惊叹一个那么安静的孩子内心,竟然掩藏着这样蓬勃的一把大火!

唉,以后,我还敢再小看任何貌似普通、貌似寻常的孩子吗?

不得不说,每一个孩子的灵魂里,都住着一个等着我们大人去发现、去踏足、去融入的绝美天堂。

冉冉祥瑞生

她半蹲在墙根,像在扎马步似的,双臂搁在一大堆红红的春联空隙里,双手擎着那本蓝皮书,静静地沉进了故事的世界,仿佛她正置身林间溪畔,正坐在一片鸟语花香的草丛间读书。

那一张张黑白两色的薄薄书页,仿佛在她面前筑了一道厚实的围墙,完全将她和喧嚣的人群隔开了。她粗粗的眉毛不时跳动着,大大的眼睛里一会儿开出两朵笑花,一会儿浮上两片愁云,一会儿又跳出两个大大的问号……她,就那么默默地阅读着,享受着在我们衢州大地上流传了千百年的一个个古老的民间传说。

在她搁手的长条凳上,春联还在不断地增多。在她脚畔的水泥地上,则有几十个大红"福"字,正紧紧围簇着她,将肤色黑黑的她,映得一片红灿。哦,这个女孩,原来竟是如此美丽的一位阅读天使啊!

半个小时前,我第一眼见到她时,心里还忍不住直嘀咕:"这是哪里钻出的一块小黑炭啊?"没想到,这孩子,只轻轻地把书本一举,就把自己从麻雀变成了凤凰!不过,这是一只不声不响的凤凰,一只质朴无比的凤凰!

当她外婆村庄的父老乡亲们,把那些来村里送"文化年货"的书画家围得水泄不通,争着要书画家为他们写福字、写春联时,这个女孩,却悄悄、悄悄地退到了人群后面,在大礼堂的墙角根蹲了下来,默默地打开了我刚送给她的《烂柯山的传说》一书。

今天,我也是来这柯城区九华乡源口村送"文化年货"的,我不懂书法,但给村民们带来了一百五十多本图书。而我的"年货摊"摆出还不到一刻钟,就被村民们"洗劫"一空。

当女孩的妈妈将羞答答的女孩推到我面前时,我已经在"收摊"了,正把签字笔往书包里塞。做女儿的,见我面前的八仙桌上已空空如也,不禁难过得低下头来,那张黑黑的脸蛋上,蒙上了一层灰灰的失望,使她显得更黑了。

但做母亲的不甘心,笑着问我:"老师,书还有吗?我女儿读五年级啦,这几天生病了,正在外婆家休病假,想向你要本书读读哪!"

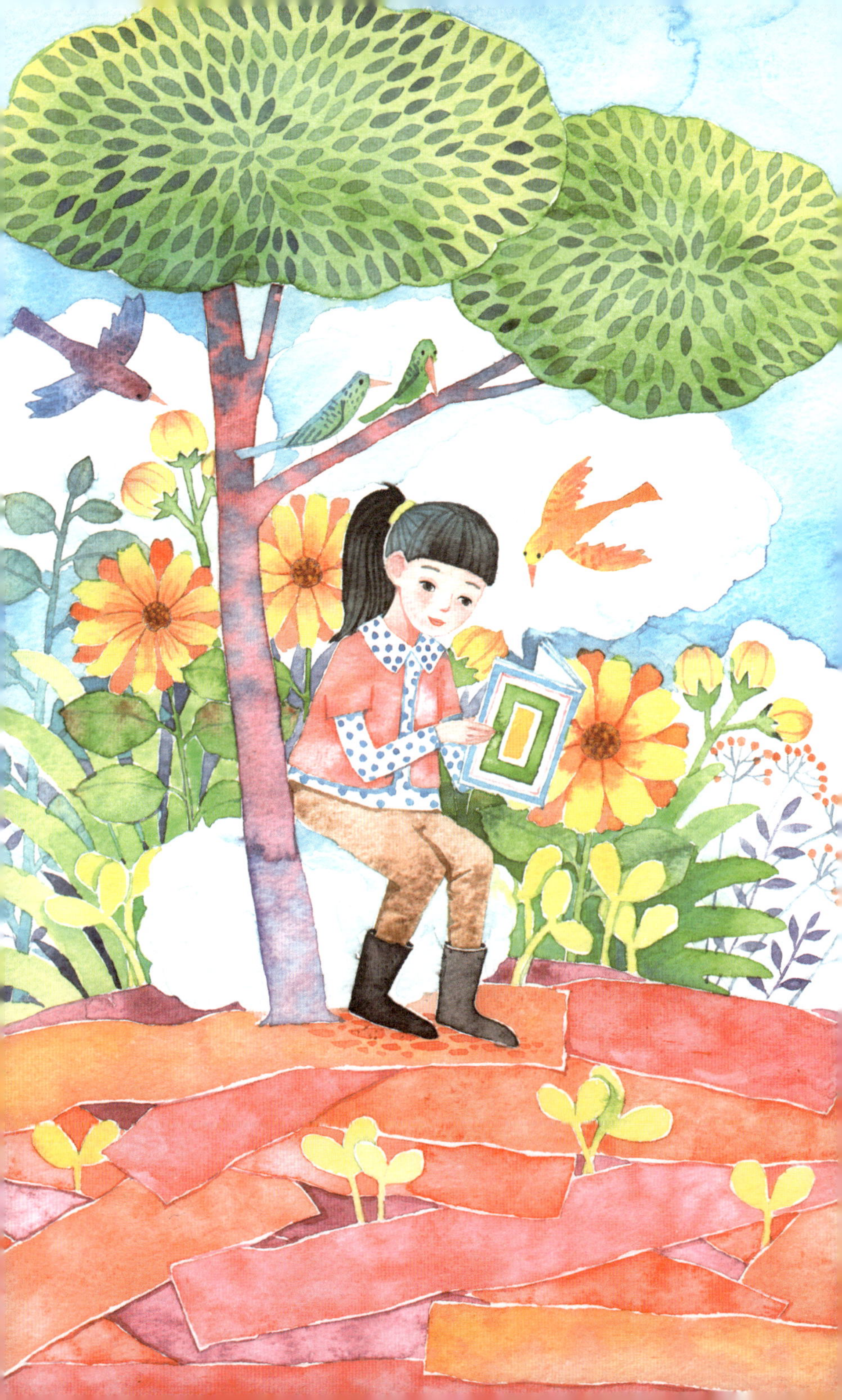

第十条小鱼

"哦,还有的,正好是最后一本啦!"我很高兴刚才藏了一本《烂柯山的传说》在我的书包里。《烂柯山的传说》是我花了三四年时间编写的民间故事集,凡读过的孩子都很喜欢它,因为里面有六十来个故事,一个个都很有想象力,也有我们浙西地区的民俗特色,所以孩子们既觉得这书有趣、好玩,又觉得这书有爱、亲切。

"谢谢老师,谢谢!"当我把《烂柯山的传说》送到那女孩手中时,女孩抬头冲我灿烂一笑。我眼前顿时一亮,这孩子的眼睛好大好晶莹呀!

"你叫什么名字?我为你签上名字好吗?"我问女孩。"章冉,一章两章的'章',太阳冉冉升起的'冉'!"女孩的妈妈抢着回答。看得出,一本小小的书,让这母亲也喜出望外了。

刚为女孩签了名、写了祝语,我就被市书画院田人院长叫去拍照了。今天,下乡送文化的书法家中,有几位也是市里、区里的重要领导,所以活动搞得很隆重,一时间各种应酬,就把我的注意力拽走了。

等我退出人潮汹涌的那个"大漩涡",躲在大礼堂的后门,从书包中抽出一本张允和的散文集《曲终人不散》,准备静静地读上几页,让我的心喘一口气时,我无意间一抬头,却发现那个被她母亲和外婆分派了守春联任务的女孩小冉，正半蹲在不远处的墙根边读书。

这孩子，就那么低悬着小屁股，稳稳地扎着马步，专心地啃着一个个民间故事，时间一分钟又一分钟地从她举着的书本上流走，她不累吗？她的小脚不酸吗？周围那鼎沸的人声，难道一点也没有钻进她的耳朵吗？

我被女孩那专注阅读的身影震撼了。我将《曲终人不散》放回书包，拿出手机对着女孩拍了好几张照片，女孩也没有察觉。

这时，她的母亲和外婆，还有她的那些乡亲，一再地把书法家写好的新春联、新福字拿到她身边来晾晒，那来来去去的脚步，也没有影响到她的阅读。只是，她那黑黑的脸蛋，被越来越多的春联和福字映红了，她的相貌在我眼里变得越来越美丽。

也不知过了多久，有两个围肚兜的小弟弟和一个背书包的小妹妹发现了她。他们手里也拿着书呢！也许是恨自己太小还不会阅读的缘故吧，那三个三四岁的小娃娃，一看见小冉姐姐潜心阅读的模样，就羡慕地冲她跑了过去，冲她哇啦哇啦地大叫起来。

终于，小冉被惊醒了，她甚至被那几个孩子的尖叫声吓得跌坐在地上。我以为她一定会冲那几个捣蛋鬼发火了。没想到，她只是从地上默默地爬了起来，又半蹲着，打开了书本。

第十条小鱼

哇,这大姐姐的榜样做得太好了,以至于那个背着书包的小妹妹,立马冲她走了过去,打开了自己手中的《烂柯山的传说》,将它搁在了绯红一片的春联上,脚下踩着一个大大的福字,学着小冉的样子,一本正经地"读"起书来,尽管她还不认识那书上的任何字。

小冉这个守福字、守春联的大女孩,不仅没注意到小妹妹压到了她家的春联、踩脏了她家的福字,而且还将自己的身子朝小妹妹移了过去,将自己手中的书和小妹妹的书碰了碰。呀,就在这一对女孩用书本"碰杯"的时候,小冉自己也压到、踩到春联和福字了。不过,那些躺在长条凳上的春联和满地的福字,不仅一点儿也没生气,看去,反而呈现出一片空前的祥瑞之气。

由大小孩子组成的这道阅读风景,难道不正是大地上最吉庆、最祥瑞的年景吗?

同学会

又一群人，从校园甬道上走了过去。

这群人，跟往常在校园甬道上走来走去的那些老校友比，显得格外特别，因为他们中的不少人，步履已经蹒跚了。不仅两鬓染上了白霜，而且腰也微微弓了起来。看他们三三两两挽着手，搂着肩，相互搀扶着，晃悠悠从图书馆南侧的水泥路上经过，向校史馆那边慢慢走去，不知为何，我的心弦竟被他们那杂沓的脚步拨得铮铮作响。

刚才曾朝学校的电子屏幕瞥了一眼，知道今天来衢州二中开同学会的是上世纪六十年代中期的高中毕业生。这样算起来，他们都是一些七十来岁的老人了。

七十岁的老人们，呼朋引伴地回到少年时代的母校，在这里

第十条小鱼

追寻着青春源头的记忆,追寻着少年时期的淘气故事,追寻着那时老师的音容笑貌,追寻着当年羞涩的初恋,追寻着人生友谊的发端。难怪,在我眼里,这一行队伍平缓中竟有一股特别的悲壮和沧桑。当然,当年的许多老师已经不在人世了。即使那些老师都在,他们再给这群学生点名时,一定也有几个学生缺席了吧?不是他们不想回母校,而是他们已经去了天上的学校。七十年的风雨,一定已经把某些花瓣吹走了,吹进了泥土的深处。

凡是参加过同学会的人都知道,要推却生活里的各种凡尘俗事,与老同学们聚一次,其实是很不容易的,更何况他们都已经七十来岁了,除了家事的纠缠,还会有各种身体的原因阻挠着他们回母校来朝圣的脚步。但是,今天这支队伍看去却依然颇为壮观,大约有四五十人吧。

他们有的穿得很光鲜,有的却一身寒素,有的一看就保养得不错,而有的即使在开怀大笑时也难掩一脸的憔悴。

自从中学毕业走出校门,有些人也许一生都过得顺风顺水,有些人却始终跌来撞去的,日子过得很坎坷。是的,五六十年的时光早把当年那些少男少女的命运雕凿出了高山、平川和沟壑。可是,今天当他们一起回到母校,所有的峰岭、沟壑都填平了。走在母校老教室的屋檐下,他们都只是一群七十岁的孩子,岁月的风霜一个也没有饶过地染白了他们的头发,岁月的锤子一个也没有放过地敲打着他们的腰身。这群孩子,一个也不剩地都成了老人。

但是,你看,有个老男孩,从路边的石桌上捡起一颗黑黑的小樟籽,放在鼻子前静静地嗅了一会儿说:"那时,它是我的武器,我不仅用它砸同学,还偷偷砸过老师呢!"

"来吧,现在你再砸我一下,最好一下子就将我砸回十八岁去!"另一位老男孩立刻冲他大叫。

"好,我砸你!"手持樟籽的老男孩把黑黑的樟籽砸向他的同学,正中他的额头。但是,奇迹没有出现,那个被砸的人,还是一副老汉的模样,不仅额头光光,整个脑袋也锃亮锃亮的。岁月的风,已经将他这棵树上的所有叶子都吹光了。他那张黑圆的脸呀,还真像一颗樟树籽呢!

五十多年后再回母校,生命的所有浮华落尽,也就剩了这张赤子脸,这颗赤子心!可这张脸、这颗心,因为赤诚,因为兴奋,因为往事火把的照耀,此刻,也像樟籽一样静静闪着动人的光彩。我望着这对嬉笑打闹的老人,看着他们骤然光灿起来的脸和眼睛,感慨得几乎流下泪来。

不过,我真正的泪点,还是在那些女同学身上。跟男同学比,她们的容颜还要更苍老一些,头发还要更白亮一些,当然,腰身也要更佝偻一些。但她们都手牵着手,两个两个地走,另一只手上,还拈着一枚红叶或一株小草,仿佛谁都忘了自己的年纪,仿佛谁都忘了自己走出校门后所经历的那长长一生的酸甜苦辣、欢喜悲伤,仿佛她们一走进这个校门,都不由自主地穿越了,回到了她们的十八岁,成了三月的杜鹃红,四月的俏春风。

啊,这就是同学会。当老同学们再一次相聚在这个美丽的校园,相聚在保存完好的教室里,每个人的心,都重新年轻了一回!所以,在衢州二中的校园里,几乎每个星期,都会迎来两三批老校友。所以,校长潘志强先生才会乐此不疲地为这些老校友们当导游,带着他们一点点地往青春的源头回溯而去……

正是这一个又一个的同学会,使这方土地,更多了一份青春不老的魔力啊!

绣花锦

一大早,赴湖州参加浙江省群文报刊年会。在会上,遇到了许多老朋友,也见到了很多新面孔。还见到了平湖市新仓镇文联、文化馆合办的一份刊物《芦川》,很惊喜,因为她的名字,就是我女儿的名字呀!

晚上,在太湖边吃晚饭,看到了醉人的太湖夜景,吃到了著名的太湖"三宝"——白虾、白鱼和小银鱼。因为不是太爱海鲜、湖鲜,所以三宝到了我嘴里,有点明珠暗投了。但是,一道青菜却引起了我莫大的兴趣,因为这菜名叫"绣花锦",说只能在湖州地界长,否则就完全不是那个味儿了。一道碧绿的蔬菜,名字居然叫做"绣花锦",这实在太美丽动人了!

而在我们餐桌旁边,我则看到了人间的一道"绣花锦"。只

第十条小鱼

见那桌上坐着三位大男生,年龄都在二十二三岁。其中有个大男生,一直在喂一个小女孩吃东西,喂嫩豆腐似的鱼丸,喂透明状的银鱼羹,喂甜甜的核桃酥,也喂西瓜、蜜瓜等水果。小女孩正好背对着我,穿着小红背心裙,留着黄兮兮薄兮兮的短发,不时歪过来的半个小圆脸,红扑扑的。听不到她的其他声音,除了不断奶声奶气地喊着"爸爸、爸爸、爸爸"。这是个只有十七八个月大的女孩,她说话也许还不是太流畅吧,却知道抽出餐巾纸给她爸爸擦嘴了,却知道拿着啃了一半的西瓜"反哺"她的爸爸了,还时不时翘起嘴巴,亲亲爸爸的脸颊。她每亲一下,那位年轻的爸爸都会呢喃似的笑着唤她一声"宝儿"!他的整颗心,几乎都要随那声"宝儿"跌出喉咙啦!

面对这个小爸爸与他小女儿亲昵有加的一举一动,另两位大男生竟表现出了一片羞窘。他们这种年龄的男孩,其实做父亲真是太早啦!他们明显不习惯自己在大口吃菜大口喝酒的时候,看同伴那么小心翼翼地照顾他的孩子,所以,他俩不知不觉就变拘谨了,最后,都变成了傻乎乎的观众。有好一阵子,我干脆放下筷子,也傻乎乎地做起了这对小父女的"观众"。

看着那位温柔无限的小爸爸,我很自然地想到了自己的父亲。他因我而升级为父亲的时候,也就二十一二岁呢,我几乎一出生

就拿走了他的全部自由，因为我小时候太爱生病了，五岁之前家里的药从来就没有断过，父亲实在被我累得够呛。

在父亲那么年轻的时候，就绑死了他的手脚，我以前一直觉得很对不起父亲。但今天，看着这对小父女的天伦之乐图，我忽然觉得，那时父亲虽累虽苦，但苦中应该也有快乐也有甜蜜吧？这小小的可爱无比的女儿，不就是那小爸爸的"绣花锦"吗？只有在他们自己的天地里，这一份父女之情，才是他们生命所特有的珍宝，出了他们的"心界"，在别人眼里，滋味也许就变了。

好一道人间的"绣花锦"！好一对可爱的小父女！看到他们，我突然觉得，我这次出来开会，确实不虚此行呢，因为我也找到了自己的宝贝，自己的"绣花锦"！

第十条小鱼

牵手走进童年

一个头全白了,一个背全弓了。

一个有了大肚腩,一个早瘦成了竹竿。

一个脚步还算利索,一个走路已跟跟跄跄。

白发大肚腩的是男人,瘦弯了腰的是女人。这对平凡的夫妻,男的牵着女的,在紫荆社区东方商厦门口,缓缓、缓缓地走过我面前。

自然,我的视线一下子就被他们牵了过去。

我的目光追着他们走了很远,我的感动在他们身后蔓延了一地。我在东方商厦门口呆立了好久,直到被一个从商场里冲出来的男孩撞了一下,才醒悟过来,走进商场去买我所需要的东西。

没想到，当我从商场里走出来时，那对七十多岁的老伯和阿姨又牵着手走回来了。依然是男人挺着大肚子走在前面，女人把身子弯成一把九十度的角尺，一步一颤地跟在后头。两人的手，紧紧牵在一起。

原来，他俩是在那商场门口来回散步啊！

阿姨的身体显然出了问题，因为她不仅弯着腰，而且脑袋还止不住地直往前冲。一顶绒线帽下，罩着一脸的愁容。而白发老伯的神情不仅平静，脸上还带着淡淡的笑容。他一步一步慢慢走，一寸一寸牵着老妻在人群中漫步，仿佛他们脚下就是一片柔软鲜美的芳草地；仿佛那喧闹的人声就是一片清幽悦耳的鸟鸣，仿佛他的老妻还是一位羞答答、粉嫩嫩的美娇娥。

我再一次被这对牵着手的老人感动了，再一次站在商场门口傻乎乎地看着他们。哈，我怎么也没料到，方才在商场门口撞了我一下的那个黑瘦男孩，那个背着书包大约十岁左右的男孩，居然轻轻地跟在那对老人身后，正静静地、好奇地瞪着这对老人。

孩子刚放学，手里还捧着一个刚从商场买来的面包呢！面包被啃掉了一半，他却忘了吃。他就那么漫不经心地捏着半个面包，用那双细长的小眼睛，紧紧地追着那对一刻也不松手的老爷爷和老奶奶。

第十条小鱼

  孩子的眼里,满是好奇。孩子的脸上,带着调皮的浅笑。他亦步亦趋在那对老人身后跟随了一段路后,突然把身子弯了起来,学老奶奶那样一颤一颤地走起路来。

  难道,他如此痴迷地追着那对老人,只是为了模仿和嘲笑那个身患疾病的老奶奶吗?我生气地冲那孩子走了过去。但不等我走到他面前,男孩已直起腰来,故意凸着小肚子,左手在身前随意地挥着,右手则放在身后,轻轻捏着那半个面包,"牵"着那半个面包,小心翼翼又从从容容地往前走。啊,此刻,他分明是在模仿那个白发老爷爷呢!

  也许,他做这些,只是为了好玩,只是为了消遣他放学后的一段无聊时光。但我相信,这样的玩,这样的消遣,一定会在男孩那白纸般的心里,印下一对温馨的身影。这对身影,不怕一生卑微,不怕老病的侵扰,只求在这拥挤的人间,彼此能牵着手多走一会儿。

  这样的牵手,能烙进一个男孩的童年游戏,是何等幸运,因为他们的身后,有了最好的见证!这个男孩,能在他的童年时光里,遇到这样紧紧牵着手、相扶相持走了一生的前辈,也是何等的幸运,因为他的前面,有了最好的榜样!

在银丝面上写字的男孩

常山水南村是个有着几百年做索面传统的村庄。索面也叫银丝贡面。其面洁白似银，纤细如蚕丝，故称"银丝"，古时专用作贡品，特供皇帝或皇亲国戚享用，如今，早已化为民间的"索面"，名称俗了，但也很形象，像细细长长的小绳索，系着无数老百姓的心。

今天，我水南村的小舅公出殡，送他"上山"时，没想到竟在村路两边，看到了上千架晾晒着的索面。就像无数蚕蛹，在暖融融的冬阳下被晒成熟后，一下子抽出了亿万条素丝，把整个村庄映照得一片雪白。

而在这方雪白的巨大幕布前，有两个穿蓝底白花棉睡衣的少

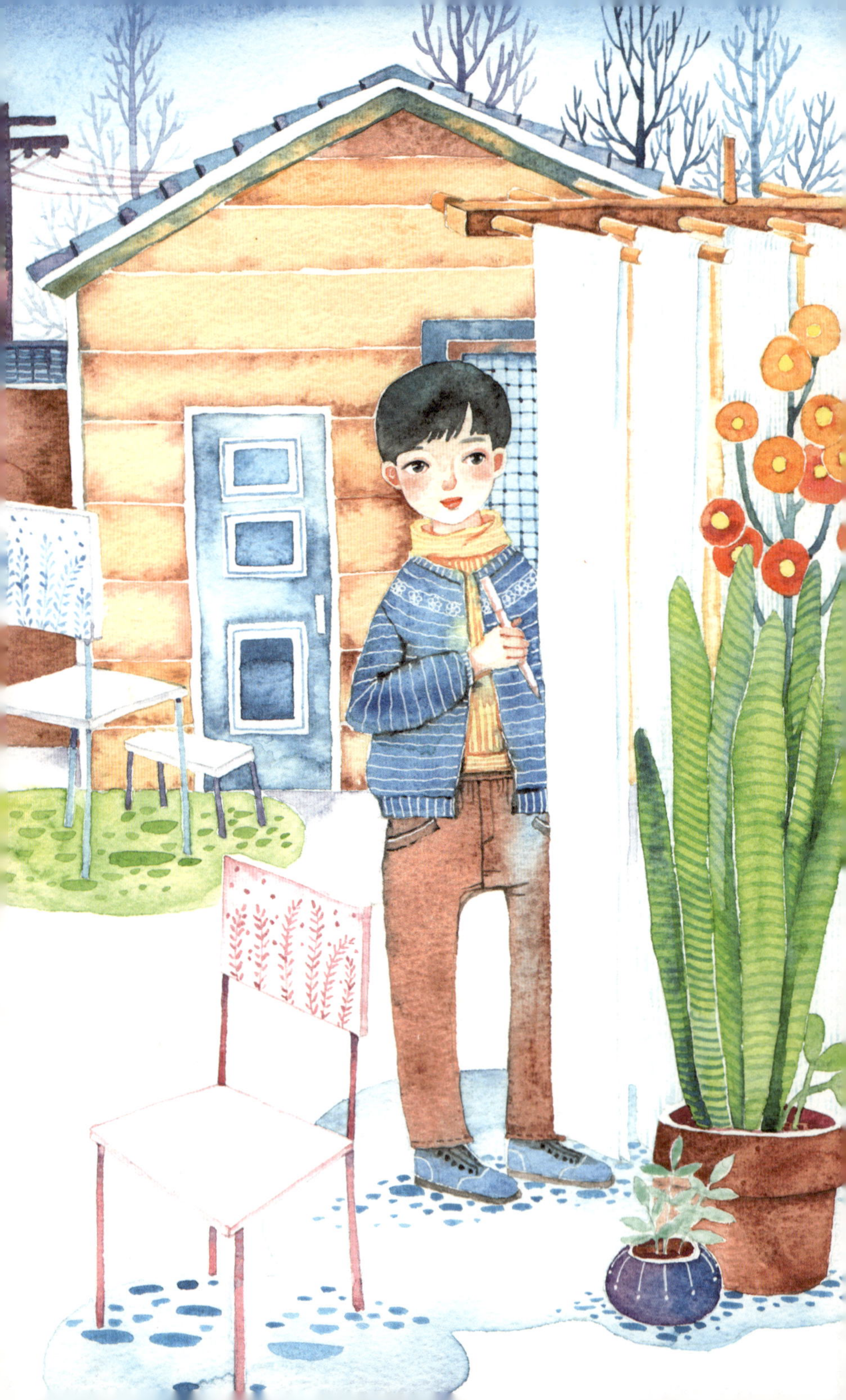

年，正趴在门前的院子里做作业。

做着，做着，那个小些的男孩突然站了起来，捏着手中的水笔，悄悄凑近一帘"银丝"，用左手轻轻拢着它们，然后，用右手飞快地在上面写了一个字。

男孩的这一调皮行径，恰巧被我看到了。我连忙掏出手机想拍照，可已经来不及了。那孩子已经放开了那一帘细长细长的"雪"。

"小朋友，你在上面写的是什么字啊？"我跑近了两步问他。那孩子不仅不回答，反而把头深深地勾了下去。再看那片银色的雪丝，中间虽有几点浅浅的墨痕，但因为丝线已如帘散开了，所以根本猜不出那墨痕代表的是啥字了。

"这孩子到底写的是什么字呢？"我怅然若失地望着那一帘"白雪"，喃喃自语。"不管他写了什么字，都很有趣啊！"走在我身边的花头阿舅这么回答我。他还请那两少年抬起头来，让我拍张照片。

听了花头阿舅的话，另一男孩抬头了，可那个写字的孩子，反而将圆圆的脑袋黑红的脸蛋埋得更低了……

他那神情，实在是可爱实在是太富有童趣了，恰如他刚才的突发奇想，恰如他的创意。

第十条小鱼

　　我想,不管他在那银丝面上写的是什么字,那都是他不泯的童心,都是一个孩子最天真的祝福吧!

　　这把印着浅浅字迹的索面、银丝面、雪丝面,最后,会被哪个有福气的人吃到呢?我想象着那个吃面之人的模样,想象着他的高矮胖瘦、妍媸美丑,想象着他吃到字迹时那疑惑的表情,刚刚为小舅公哭过的眼里,不由得绽开两朵笑花。

　　笑着,再看这个挂满了银丝贡面的小小的水南村,它一下子变美了!我想,有这样可爱的男孩守望着,天堂的样子应该就跟这里差不多吧?

大地上最亮的星

静立树下,任银杏叶纷纷扬扬地从半空不断地洒下来、洒下来,停栖在我的头上、肩上、手上,我的心,顿时被那一片炫目的金色笼罩了。

我真想像一颗银杏果那样,也落在地上,生下根来,发出芽来,长出叶来,也变成这一道大美的风景啊!

可是,啪哒哒,啪哒哒,一阵急促的脚步,从教学楼西边传了过来。接着,一大群孩子猛然冲这棵银杏树跑了过来,他们笑着嚷着闹着,就像一股春汛,翻滚着无限的生机,只一眨眼,就把银杏树旁的石桌淹没了。

怕自己被那股热潮卷走,我只好悄悄地退了出来。

但是,我并没有走远,我一直在不远处的一棵大樟树下徘徊着,一边捡着小樟籽,一边羡慕地偷偷观察着那群孩子。

看样子,他们都是初中生,却跑到高中校园来排练节目了。三个英俊的男生,就坐在石桌旁背台词,声音轻轻的,摇着脑袋,晃着身子,像三个小和尚在念经。念的是什么经,我听不清。三个女孩,两矮一高,笔直地站在银杏树下,由高个子起头,并打着拍子,唱起了我很喜欢的一首歌《夜空中最亮的星》。

"夜空中最亮的星,能否听清,那仰望的人,心底的孤独和叹息。夜空中最亮的星,能否记起,曾与我同行消失在风里的身影……"三位小女生,你望着我,我望着你,深情吟唱着,而树上的银杏叶飘飘然、飘飘然地飞旋而下,落满她们全身,并栖上了她们那清亮的歌声。

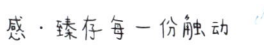

清秀如春草般的女孩在唱，那纷纷扬扬的银杏叶也仿佛在唱："我祈祷拥有一颗透明的心灵和会流泪的眼睛，给我再去相信的勇气，哦，让我越过谎言去拥抱你……"

女孩的歌，银杏叶的歌，越过一排冬青树，一排栀子树，轻轻拥抱着我，顿时，我真的就像一颗星星那样，轻盈地飞了起来。

我的心，从满地的银杏叶里轻捷掠起，飞得高高的，东看西看，看遍了衢城的每个角落，才发现，最美的风景，原来就在这校园的一角，就在我的脚下，就在这几个被金灿灿的杏叶托举着、拥抱着、祝福着的唱歌、念台词的孩子身上。

这些青春的孩子，这首青春的歌谣，这种青春的校园，才是大地上最亮的星星，才是大地上最美的风景！

帮忙

"我,我来帮你!"当那穿绿色棉背心、蓝色卫生衣的男孩举起手来,主动表示要帮"中花者"表演节目时,大家都"刷"的一下将目光投到了他身上。

"你好有表现欲啊,嘿嘿!"有人立刻嘀咕着笑了起来。

"唱歌,唱歌!""跳个街舞,街舞!""我要听笑话!""学声驴叫!""做个鬼脸!"虽然总共只有十四位学生,但当他们一起起哄时,教室里仿佛一下子闯进了千军万马。

不过,面对那乱哄哄的局面,绿衣男孩却是那么淡定。他理着盖盖头,额头上一圈额发整整齐齐的,皮肤白净,有点儿像女生。但此刻,那圈整齐刘海下的细长眼睛、微翘鼻子、阔扁嘴巴,都露着标准的男子气概的笑意。

见了他那幅神态，我忍不住在心里喊了他一声"赵子龙"，他那份临万敌而不惊的从容，真像个大英雄啊！虽然，他的个子是十四个孩子中最矮小的，但他却是这些孩子中当仁不让的"虎将"。

"徐启腾，你要表演什么节目啊？"我笑着问他。

我期待他唱个歌。我们的"击鼓传花"游戏都玩了十多分钟了，"中花者"不是背诗、叫人家猜谜语，就是出脑筋急转弯的题目给大家做，我觉得节目形式太单调了。

这么想着，我就鼓动那孩子："徐启腾，唱个歌吧！我知道，你钢琴弹得不错的，唱歌一定也不错哦！"

"不！"只见他款款地站了起来，大声否定了我的建议，然后，不紧不慢地高声宣布，"我要表演吃香蕉！"

此话一出，教室里的空气一下子就被一阵笑浪给吹出了十几个大漩涡："哇！""哈哈！""有才！""亏你想得出！""真是的，哎呦，你笑死人不偿命啊！"

因为那根香蕉，就是我们用来"击鼓传花"的"花"呀！徐同学竟然要表演吃"花"，他这主意实在是出人意料！

我怔愣了片刻，说："好吧，你吃吧，我再找一样东西当'花'就是啦！"

第十条小鱼

"好啊!"徐同学高兴地喊道,然后,继续站在那里,左手拿着那根黄黄的香蕉,右手拿着蕉蒂,用力一掐,那白白的蕉肉就露了出来。

"大家看好了啊,我的表演开始啦!"只听徐同学这么调皮地说了一句话,就把香蕉往嘴里塞去。

奇怪,他做这一系列动作时,竟然是那么旁若无人,大家倒吃惊地望着他,不吵也不闹了,一时间,教室里静极了。

这家伙,张着大大的嘴巴,只一口,就咬掉了半根香蕉。看他嘴里塞得那么满满的,还得意地冲大家笑,大家又"哄"地笑开了。

"快快快!"有人大喊着催他。

"嘭嘭嘭!"有人敲着桌子催他。

"啊呀,我也想吃!"有人羡慕他这鬼精灵般的主意,嘴巴馋得一动一动的。

他见自己成了焦点中的焦点,一脸的淡定,终于变成了小激

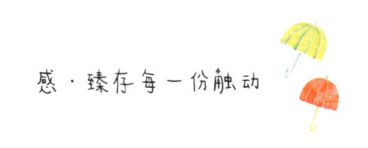

动。他嘴里的那半根香蕉还没落肚呢,又把另半根塞了进去。

"呜呜呜!"也许,他是被香蕉咽住了,也许,他是在逗乐子,大大的嘴巴使劲抿动着,发出了一串呜呜声。

啊呀,大家见了他那幅好玩的模样,全笑炸了!

我眼睁睁看着徐同学吃掉了我的"花儿",最后,还不得不给他一根棒棒糖,因为呀,这是我们游戏规定的奖品哪!

哈,这春节过后的第一节课,因为有了徐同学这格外生动有趣、别出心裁的表演,变得多么快乐啊!

这样的"帮忙"事件,希望以后能多多发生,能给我们的生活带来更多的欢声笑语!

爷爷蜜蜂

才隔了一天,衢江浮石渡旁那上千树的早樱就全开了。整条江岸,覆着一片轻盈无比的粉雪,大地仿佛在这里长出了翅膀,美得连岸石几乎都要飞起来、舞起来了。

面对她们的盛开,面对她们那璀璨无比的笑容,我感觉自己仿佛比昨天老了很多。

春光匆匆爬过那一朵朵樱花,落在我头上、身上,我的两鬓烙满了时光的印记,所以每年一到这样的时节,我总是心慌,怕自己把春光辜负了,把年华辜负了,把人生辜负了。

但今天傍晚,我却在樱树下看到了这样的一幕:一个三四岁大的女孩,穿了件粉色棉背心,正跟爷爷在赏花。

"看,这花多好看呀,跟你的脸蛋一样粉嫩粉嫩的!"高高

瘦瘦的爷爷,七十岁不到,头发却全白了。他的白发映着浅红的花朵,竟也有一种粉嫩粉嫩的感觉。

女孩静静地望着花,胖嘟嘟的双手托着圆脸,好一会不声响,夕阳的光打在她身上,她就像一个光灿灿的小天使。

然后她问:"爷爷,为什么没有蜜蜂?"

"天气还冷呢,蜜蜂还没来呢!"爷爷蹲下来,用白发蹭蹭孩子的手,笑着回答。

孩子身上橙红的光,把爷爷的白发也染红了三分。

孩子抱住爷爷那微微泛着红光的白头,使劲摇着,嚷道:"我要小蜜蜂,我要小蜜蜂也来看花花!

爷爷沉默了一会儿,说:"好吧!我们邀请小蜜蜂来看花花!"说完,爷爷轻轻掰开孙女儿肉乎乎的小手,站了起来,又弯下腰去,把自己的双手往背后举了起来,有些吃力地摇着,一边跑动,一边喊道:"嗡嗡嗡,我是小蜜蜂,我是小蜜蜂!"

"哇,爷爷变蜜蜂啦!爷爷蜜蜂,飞快点,飞快点!"小女孩大欢喜,拍着手又跳又叫,震落了几片樱花,落在她那薄薄的头发上,一下子,就给她夹了好几个发夹呢!

爷爷反转在背后的手摇得急了,脚下也加快了速度,步子虽有点打晃,有几次还撞到了樱树上,撞得樱花乱飞,弄得他白白

第十条小鱼

的头发上,也戴上了好几个粉色的樱花发扣,可他那一连串的动作,还是比较优美流畅的。这只老蜜蜂,舞动得煞是可爱哦!

小女孩跟着她的爷爷蜜蜂,在花树下跑着,笑着,嚷着,尽情撒着欢儿,不知不觉,夕阳慢慢沉下去了。整条江岸的粉樱,都慢慢、慢慢地变暗了。

可这时,我心中却猛然一亮。

原来,老了老了,能挥舞着僵硬的老胳膊,给孙女儿做这么一只蜜蜂,也是很美很感人的事啊!

从此不惧春光催人老啦!

深秋，邂逅一盆火

告别的时候，天正开始下雨。小小雨点，从高高的槐树上滴下来，落到我头上、肩上，我却几乎没感觉到它们的存在。

我第四次回首，李敏军老师还站在那门口目送着我。潇潇风雨，把她慈祥的面容雕琢出了几分沧桑，但是，她眼中的深情，却像一盆火，烤得我暖烘烘的……

今天午后，我找到西安易俗大剧院，本想去看场参加"中国第十一届艺术节"汇演的黄梅戏《小乔初嫁》的，可那里白天没安排演出。我就顺着马路慢慢往前走，突然看到一家秦腔书籍影像店，就踱进去问了声："哪里有秦腔看啊？"

有个面容慈善的阿姨听我这么问，马上笑灿灿地站起来问我：

"你喜欢秦腔啊?最近因为艺术节,每个剧院好像都在演外地的剧目,我还真不知道哪里可以看到秦腔剧目呢!要不,你买点碟片回去看看吧,比如《三滴血》《火焰驹》,就是秦腔的代表作。"

"好吧,我看看!"说着,我走进了那店深处,一个中年营业员迎了上来,说你要研究秦腔的话,最好买些书回去。结果,她介绍给我两本秦腔图解,要价竟需168元。

我朝那书摆摆手,正想退出来,刚才与我聊天的阿姨从书架上抽出一本朴素的小册子说:"这是《三滴血》音乐剧本,只需十块钱。"

"她就是这书的作者李敏军呀!"中年营业员见状连忙喊了起来。

我听了,不禁对眼前这位清秀又略带憔悴的李老师肃然起敬,虽然那书印刷比较粗糙,封面上《三滴血》电影剧照上的人物还是重影的,但我还是毫不犹豫就将那书和《三滴血》的碟片买了下来。请李老师签过名后,我要求与她合影留念。

"咱们还是去旁边的易俗社门口拍吧!"李老师忙热情地将我引到十几米外的两扇红漆木门前说,"这是西安最早的剧社,有一百多年历史了,连鲁迅也来过的,当年张学良、杨虎城将军也常来的……"

我打量着那两扇厚实的木门,一下子就被它那大气又飞扬、古朴又生动的模样吸引了。一百多年的两扇老门,却依然红得那么热烈,红得那么青春。门楣上那块竖排的行书体社名"易俗社"牌匾,既有一种黄天厚土的凝重,又有一种平易近人的亲切。一见之下,我马上就对这地方生出了无限的欢喜。

"好吧,我们就在这里拍照!"我忍不住喜形于色地嚷道。

在影像店中年女营业员的帮助下,我们很快就合影完毕。然后,我在李老师的带领下,迫不及待又小心翼翼地跨进了大名鼎鼎的易俗剧社。

那是一幢百年小洋楼。院心是个花坛,花坛里菊花正在争奇斗艳。还有一种叶子艳红的阔叶草,紧紧围簇着一棵枝干横斜的老树,不知道是不是梅。楼下的一排房子,看上去修缮得新簇簇的,但都锁着门。唯有偏东方向,有一道铺着红地毯的木板楼梯,直通楼上。

"上面是展览馆,我领你上去看看!"李老师牵着我的手,慢慢把我带上了楼,并一间屋子又一间屋子带着我去参观,自豪无比地向我介绍着易俗社的发展史,如数家珍地向我报着那些名演员和名编剧的名字,反复强调:"易俗社以前只演自己写的剧本,毛主席、周总理都很喜欢我们的戏的!"

原来,她就是易俗社的第十五批学员。她毕业于西安音乐学院,做过易俗社的扬琴演奏员和作曲员,退休后,不仅整理了《三滴血》的音乐剧本,还和别人合作出版了秦腔传统曲牌集成之类的作品。

看她那么仔细地为我讲解易俗社的一切,我诚心诚意地向她道谢,为占用了她一个多小时时间表示歉意。

"哪里啊!你有兴趣了解易俗社,我是求之不得呀!我应该好好陪你的!"李老师反而用充满感激之情的言语跟我这么说道。

一幢寂寞的老红楼,一个退休了十多年的老秦腔艺术家,一个骨子里流淌着酽酽的易俗社血液的老社员,在这深秋的凄风冷雨中,送给我怎样的一种文艺的暖呀!

转身离开时,小雨滴滴答答从槐树上不断滑到我的身上,但怎么也浇不灭我心中的那盆火了。

正是无数人前仆后继的这种爱,对艺术、对人民、对社会、对生活、对生命的爱,才成就了易俗社,也才成就了今天的我和李敏军老师的缘分。

虽然知道今日一别,此生基本上已无缘再见,但是,这寒潮来临之际偶尔邂逅的一盆火,却足够我好好过个暖冬了……

第四篇

悟·万物中照见自我

拥抱春天

当我激动地抱住那丛油菜花时,竹篱上一只翠绿的鸟儿竟嘀哩哩、嘀哩哩地叫了起来。我感觉,那是我的心欢喜得唱出歌儿来了。春花已经如此烂漫,我却不知道春天已穿上盛装停驻在人间,所以我惊喜。

日日躲在小城,只看见各个小园里的玉兰白了,只看见江边的柳花黄了,只看见有些小区篱墙边的月季红了,总以为春还早、春还浅呢!没想到,一过浮石桥,顺着衢江往下游走了两里来路,我就撞上了那个开满花朵的小山谷。

谷口,左右两边,都是艳黄艳黄的油菜花。花茎很粗,每一丛油菜,都比我高出一大截。花盏很密,才三四个桌面大的一片地,却挤满了成千上万朵黄花。花香很浓,我明明还离它们有十多米

远,但那馥郁的花香,不仅一把将我拽了过去,而且还诱使我不由自主伸手抱住了一大丛菜花。啊,就那么一伸手,我就结结实实地抱住了春天!

翠鸟叫了,谷中村庄的鸡也鸣了狗也吠了。一个活泼泼的早晨,一个热闹闹的白天,就那么铺陈在我的眼前。东方,刚刚跃出水面的太阳,正被对岸一棵高大的泡桐树顶在树冠上,远望,竟像大地在那泡桐树后打开了手掌,叉开了五指,托住了旭日。也许,那泡桐的枝丫,就是大地的手指吧!

旭日圆润极了,绯红中透着点明黄,像一个鲜嫩、可爱的大头娃娃呢,根本看不出有一丝一毫的日君的威严,可江心的水还是被它染得一片橙红。一条小巧的渔船从那片橙红里摇出来,靠近岸边,看见怀抱着春花的我,船上那个壮实的渔娘竟冲我大喊起来:"有两条螺蛳青,你要不要?"

哎呀,我是被油菜花牵引着来看花的,我可不想买鱼。于是,窘迫的我只好放开油菜花,匆匆朝小山谷里逃去。谷底,挤满了白墙黛瓦的小民居。但在民居与谷口的江水之间,是一片高高低低的菜地。

菜地上,除了四处蔓延、如黄色龙旗般猎猎飘扬的油菜花外,还开着紫色的蚕豆花。蚕豆在我们衢州的土话里叫佛豆。我觉得

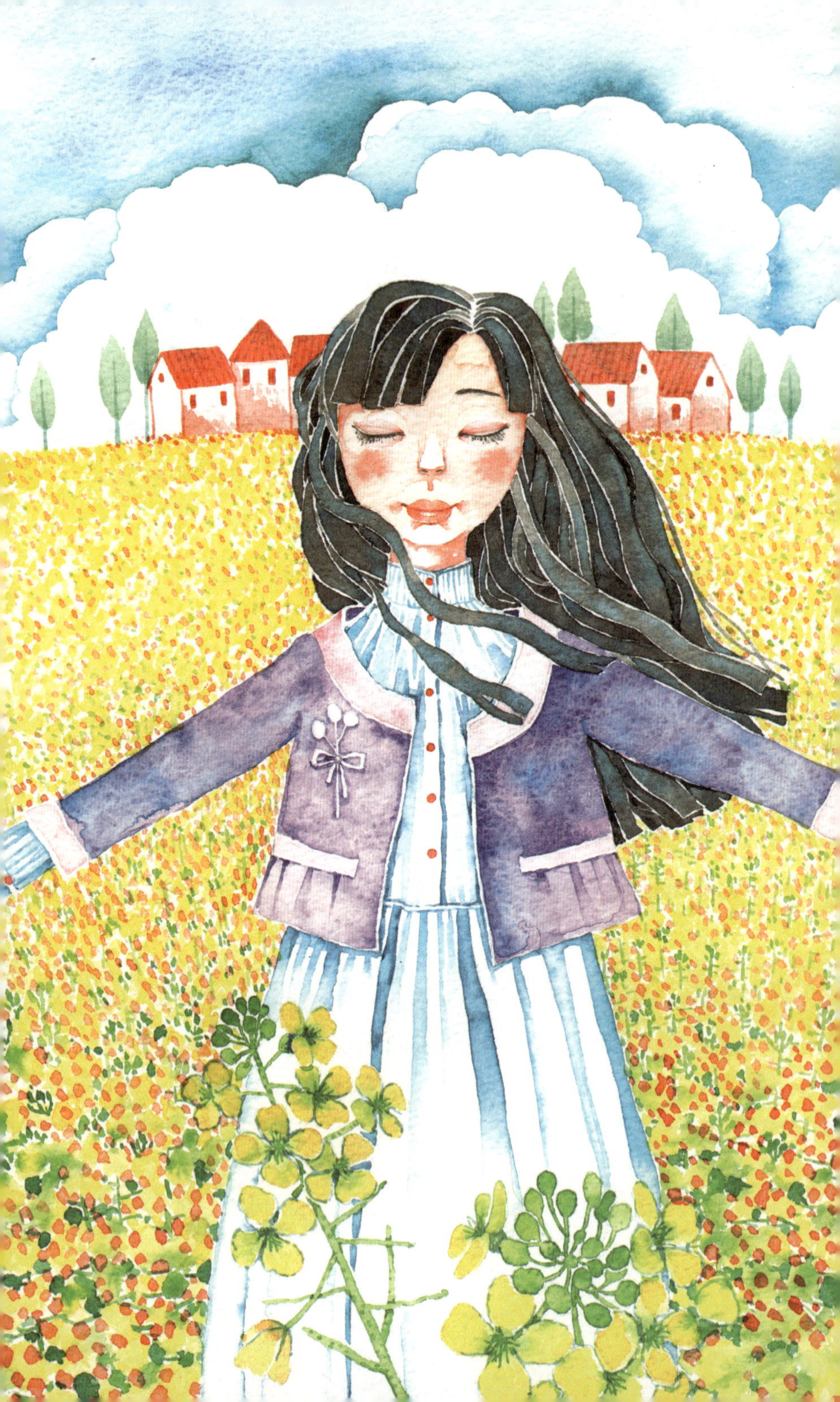

叫她佛豆，真的很熨帖，因为她的花朵，都是合掌低垂在绿叶之间的，是那么谦逊而慈悲，像佛在轻轻赞颂着大地的美丽。

但最惹我爱怜的花朵，还是那些一簇一簇的豌豆花。豌豆花早在上个月就欣然怒放了，我知道，我在日日散步的衢江东岸，已抚摸过她许多回。但我没想到，在这个小山谷里，豌豆花竟一片一片地把半个山谷都绘成了一幅绿绿白白的大图画。

她没有佛豆花那么内敛含蓄，没有油菜花那么热情奔放，可她小巧玲珑，袅娜娉婷，最是一副天真未凿的小女儿模样，叫你见了心里总不由得生出千种柔情、万般喜悦！

啊，在那一汪汪的油菜花旁，在那一团团的佛豆花旁，在那一片片的豌豆花旁，九头芥也开花了，以前不明白好好的芥菜为何要叫"九头芥"，但今天见了那些细细挺立着似千军万马的花朵，我明白了，原来这芥菜每一丛上都顶了许多个花脑袋，说她是九头芥真不为过！

最令我惊奇的是，有半亩左右的小白菜，居然也齐刷刷地开了花。难道她的主人种下她，不是为了吃菜、卖菜，而是要养着她故意让她开出花来，和那汪洋恣肆的油菜花媲美的吗？那么，她主人的目的达到了，因为不细看，谁也看不出，那半亩黄花，竟是白菜花！

当然，我刚才拥抱了油菜花，现在，得再一次伸出我的双手，来抱抱这白菜花。同是那么明艳的黄花，我总不能厚此薄彼吧！抱过了白菜花，当然还得去拥抱芥菜花、豌豆花、佛豆花，因为她们也不该受到我的冷落啊！而在这些花身旁，我又发现了荠菜花、萝卜花、草紫花以及无数不知名的小野花。天哪，我的一双手哪里足够拥抱这山谷里所有的花朵啊！我的一双手，哪够拥抱这春天里所有的花朵啊！

只好用我的眼用我的心去拥抱她们啰！就像满山谷的鸟儿，用铺天盖地的鸣声拥抱着她们一样！唉，你这个盛装而出的春天，今早，可着实把我累坏啦、乐坏啦！

立 春

寒梅还在绽放，而你已来，春天。

你轻轻敲醒一株蔷薇，在她的棘条上抹了一点绛红，整棵蔷薇顿时就精神抖擞起来。在那最荒凉的小园一角，一朵嫣红的蔷薇花已开。虽然她还怯怯地在料峭春风里团着身子，但她的那一身红，已经点燃了我这双渴慕春天的眼睛。

你默默地在江畔踱步，一不小心撞上了一棵柳树，柳树立刻和你纠缠上了，她的半边黄叶其实还没落尽，可与你相撞的那挂柳丝已经绽出了颗颗新芽。那是衢江边最早的一串柳芽，那是春天最早的一串柳哨。她用鹅黄的小嘴嘀哩嘀哩地吹奏着，你就这样被她送到了人间。

你静静地步入江滨公园，看到茶梅正在墨绿的麦冬草间眨眼，

第十条小鱼

看到茶花正在石砌的甬道边微笑,看到三色堇上的黑蝶正在鹅黄、浅紫的花瓣间飞舞,看到三色堇的细梗正挺立着要与信安阁比高,看到百日草已将鲜红的星星撒上江堤,还看到月桂不老的容颜,看到木兰花披满了全身的鲜花还在拼命地含苞,你突然羞红了脸。虽然你在这里已经缺席了很久,可这个江滨公园,却一秒钟也没有把你遗忘。这些花花草草,自己已经提前为你将鲜美的衣裳换上了,尽管冻得瑟瑟发抖,却美得那么感人!

啊呀,你眼含热泪,一步步走下江堤,正偎依着水边的铁链,感慨万千。一艘蓝色的轮船驶过,猛地把绿绸般丝滑的水面揉皱了,剪开了。绿绸带哗啦啦飙动起来,拍在岸边,拍在你的脚下,一股青春的力顿时拧成了一束束白灿灿的浪花,甩上了大地的鞋帮。大地躁动起来了,长天躁动起来了。无形中,山水都在那一刻立了起来。

啊,春天,你迈开脚步,追着那澎湃的浪,奔跑起来了!

春天的脚步,震醒了水际的一棵蒲公英。蒲公英的花黄了,蒲公英的羽白了,蒲公英在对着天地扬声大笑。那么矮小的她,却笑着将刚刚站起来的春天,撞了一个趔趄。

春天啊,你身子一歪,又一株野花草擦亮了你的眼眸。绿色羽形的叶子,粉色冠状的花盏。一盏花儿粉白,一盏花儿粉红,

一盏花儿晕红，那粉嫩淡红的色彩，顿时把整条江堤都点亮了，把整个春天都点燃了。

那株野花草扎根在青石缝隙，无名无姓，高不过半尺，宽不过三指，只有淡淡的一点香，只有浅浅的几抹红，却开得那么丰满而忘我，以致春天你伫立在她身边不肯再挪步了，你把自己的心都放进了她的花盏。

而她一边坦然接受着你的恩宠，一边天真地对着不远处的一叶叶小舟踮着脚，仰着脸，高声地呼喊着："看啊，春天已经在我身上立住了，你快带我去远航吧！我想去四季的腹地看看，我想去岁月的深处探秘，我想了解人生到底有多宽广哦！"

小舟在浪花的拍击下，轻轻地朝野花草点着头，似乎在说："既然春天都已经立在我们肩上，那我们就出发吧！去体会春阳的暖，去吮吸百花的香，去聆听百鸟的歌唱，再去穿越夏天的火，去品尝秋果的甜，去舔舐冬天的雪，再回到这里，让春姑娘再一次骄傲地立在我们的肩头！走，让我们一起去生命河里，远航！远航！"

春天的第一枚圆月

为了她,我们母女倒着走了三里多路。我们披着柳丝披肩走,我们扣着无患子的小圆果发夹走,我们戴着一个个樟叶香囊走,我们还顶着一盏盏栾树果子的小灯笼走,可我们眼里只有她。

她,今年春天的第一枚圆月,正挂在衢江彼岸最高的一棵泡桐树上,娟静又雍容地望着我们。没想到,今年的第一枚圆月是黄色的,带点儿微微的橙红,像一个盛唐的女人,体态丰腴,富贵喜人,又像一个和蔼的母亲,正微笑着注视着我们人间这对小巧的母女。

孩子在圆月的注视下,朗诵起了张若虚著名的长诗《春江花月夜》:"春江潮水连海平,海上明月共潮生……人生代代无穷已,

江月年年望相似。不知江月待何人,但见长江送流水……"

我不会背诗,就一会儿痴望着圆月,一会儿又痴望着春江岸边的渔船和石阶,真正感受到了若虚先生所说的"玉户帘中卷不去,捣衣砧上拂还来"的意境。

浓浓的月华,笼罩着我们母女。我们牵着手,月光就仿佛被我们握在了手心。岸边有迟落的半树梅花在倾吐芬芳,于是,梅香把月光也染香了。

我们踏香漫步,面对着圆月慢慢后退着,只因舍不得背月而行。终于,月亮被我们感动了,从对岸追了过来,深情款款地跟着我们。有时帮枫杨树光秃的枝丫披一件半透明的纱衣,有时又帮椿树高高的树梢绣几朵半透明的绢花,有一棵构树差点将月亮勾住了,有一棵桂树差点留下月亮当最硕大的一枚桂子。可月亮慈爱地在她们身边逗留了一会儿,又来追撵我们的脚步了。

我们头顶的那些柳丝披肩、无患子发扣、樟叶香囊、栾树灯笼,沐浴着春天第一轮圆月的光芒,幸福得直摇晃,带得江岸也轻轻地摇动起来。也许,只是月光如水,把我们母女浮载了起来?把那些花树浮载了起来?那么,今夜,月就是我们的诺亚方舟。

不知不觉,月舟载着我们来到了信安阁旁。那里有层层高树,有重重楼阁,有飞翘的檐角,有金灿的屋顶。圆月之舟,一不小

第十条小鱼

心被那飞凸的檐头挂住了缆绳，月亮居然被信安阁系住了。

真的，她在一棵老枫香树和信安阁之间轻轻漂浮着，摇摆着，摇出了万千风情，也摇出了无边慈爱。那棵正在孕育新芽新叶的枫香树被月亮照得一片洁白，月亮偎依着那片洁白，突然也变得洁白起来。黄色的圆月，变成了一枚洁净无比的白月亮，升得高了，也变得瘦了，却有了更丰满的光芒。

那月光，让我突然想起了无边的橘花和麦芒，想起了无边的芦花和芒草，想起了大地上最美的一切。原来，那一切是太阳孕育的，也是月亮孕育的。人间所有的一切，都是日月共同的孩子。

在高树与楼阁之间逗留的圆月母亲美到了极致。我望着她，我的女儿望着她。我们都舍不得再说一句话，甚至舍不得用诗歌来赞颂她。那样的大美，月影在树影里，树影在阁影里，她们疏疏又密密地织在一起，织就了这个春夜最秀丽、最素雅也最华贵的一幅锦，完全把我们这对人间的平凡母女看呆了。

呆呆的，我们继续往后慢慢地退着、退着，却突然发现，月亮没有跟过来。月亮，好像被华丽的信安阁迷住了，而江水依旧合着我们心跳的节拍，朴素地流着、流着……这个元宵节的夜晚，就这样流进了我们的骨髓，在我们生命里永永远远地住了下来……

当我们回到家，一抬头才发现圆月母亲竟已经在我们家的屋檐上等着我们了。原来，刚才月亮的暂时消失，不是因为她特别喜爱信安阁，而是因为她热爱人间的屋檐。把团圆送到每一家每一户的屋檐下，这才是她最爱做的事吧？

哦，春天的第一枚圆月，天地间最温柔慈爱的一位母亲，今天我们母女俩得您如此款款相送，何其幸运，何其幸福！

只愿年年月相似，人相同！

醒

从那片树下走过,我终于知道新的一天是如何醒来的啦!原来,新的一天是被鸟儿叫醒的,是被那些乌鸫、八哥、四喜鸟、白头翁、小黄鹂等鸟儿唤醒的。

清晨六点,天地还被一片铅灰色的混沌粘在一起,我就送女儿去上学了。

女儿背着白色绿松花的书包,在一杆路灯下冲我挥挥手,一转身,走进了高一年级的教学楼。这时,我揉揉眼睛,打了一个憋了好久的呵欠,心想天色如此昏暗,连天地都还没有睡醒呢,我还是回家补上一觉吧。

不料,我才转身走了十来步,就被甬道边那些高树上的鸟鸣驱走了所有睡意。那些高高的玉兰、樟树、椿树、栾树、枫杨树,

一身绿叶，还泛着墨色，仿佛夜神还挥着巨大的毛笔在它们身上练字呢！

可是，一只又一只鸟儿，却用一串又一串的清啼，啄破了夜神铺在树上的那层宣纸，让一棵又一棵大树唱起歌来。嘀哩哩，唧叽叽，布咕咕，呜滴呜滴，归归归……

是啊，那些鸟鸣独个儿听去都是简单的、脆薄的、轻俏的。可是，千百声、千百种鸟鸣合在一起，就织成了一个奇大无比的银网。那网只在树林间轻轻一抄，这校园里的每一缕夜色，就全被它捕走了。

我呢，也被它掳走了。我根本不想回家补觉了，而是往西一拐，踏上了那片树林间的小路。天哪，没想到，鸟鸣之网上竟缀着那么多水珠。在那林子里走了没几步，我的鞋子就被树下麦冬草上的露水打湿了，我的心则被那些从鸟鸣之网上滴下的水珠淋湿了。

那一滴滴水珠，可都是一声声晶莹闪亮的鸟鸣啊！它们散在空中，就像一道道喷泉，这里一道冲出了树冠，那里一道掠过了树梢，这里一道喷上了屋檐，那里一道又撞上了另外的鸟鸣。

鸟鸣叠着鸟鸣，喷泉碰着喷泉，网儿缠着网儿，整片林子，都在水灵灵地歌唱。一只只鸟在高歌，一株株草在高歌，一棵棵树在高歌。歌声啄破了天地的混沌，大地上的黑土渐次清晰，天

第十条小鱼

上的云终于被鸟鸣洗白了。天亮了。

竹叶的青绿、楠树的浓绿、桂树的深绿、松柏的墨绿,都一层层地显露了出来。不过,鸟儿站在高处唱歌的剪影依然灰蒙蒙的,只有白头翁、四喜鸟头上、翅尖的那一抹白,闪出了点点亮光。

在这黎明时分,天地间最美的精灵,就是这些颜色还一片灰暗的小鸟。因为正是它们,用全心全意的歌唱叼走了夜神的墨笔,啄破了天地间那片灰色宣纸,唤醒了青青白白的天地。

天愈亮,鸟儿叫得愈急愈密。这是自信的歌,这是陶醉的歌,这是凯旋的歌。鸟鸣的喷泉一再地高高飙起,瞧,我那被鸟鸣之网掳走的心啊,正被那清澈、激越、澎湃的鸟鸣,顶在喷泉之巅,不断地飘摇、跳跃、舞蹈……

终于,我眼看着自己的心,也变成了一只鸟,归嘀归嘀地唱起歌来。我清清楚楚地看见,我那只心鸟,是红色的,鲜红色的,像太阳。也许,它就是一轮旭日吧!

就这样,新的一天,新的太阳,被衢州二中树林子里的鸟儿唤醒了!

祝福，小鸟与大树

一对四喜鸟，在麦冬草丛中嬉戏。一只高大健壮些，胸脯昂得高高的，模样很绅士；一只小巧玲珑些，微缩着脖子，样子很憨媚。一看，就是一对爱侣吧。它们一会儿叼住草叶；一会儿啄着泥土；一会儿在水泥甬道上你追我赶；一会儿，双双跃上石桌，在那半米见方的石头上蹦跳、歌唱；一会儿，又像两片往高处旋转的落叶，轻盈地上升、上升……

在元旦这天，这对黑头黑背白腹白翅的小鸟，用它们那可爱、顽皮又潇洒的飞翔，在我的心湖里慢慢注满了喜悦的甘泉。它们那灵动的身影，多像飞溅的瀑布，给周遭的一切都洒上了祝福的水珠。

第十条小鱼

我刚刚打开电脑,正欲在这新年的第一天写点什么,可我的视线,却不由自主地被它们牵了过去。

虽然我穿着黄棉袄,可是啊,我感觉自己的身子也是黑白分明的,正在静好的阳光里跟着那对小鸟不断地向高处飘扬、飘扬,像一片逆风而动、往上飞翔的落叶。

很快,小鸟就栖上了钟爱的大树,落叶又回归于树之枝头。啊呀,这棵树,这棵树呀,本来已落光了所有的叶子,本来我以为小鸟和我的光临,是对它最友好的点缀。可是,我错了!只冲它那么一抬头,我就完全被它震住了!

是的,它浑身上下,已经落尽了所有的叶子,可是,它还高举着满满一树果子呢!高举着一树金灿灿的果子!高举着一树繁密密的果子!高举着一树静悄悄的果子!高举着一树热闹闹的果子!

我平生第一次知道,一棵落尽了繁华、消瘦了身子的树,一棵寒冬里的母亲树,原来可以如此丰腴、如此亮丽、如此灿烂!

虽然树上的每一颗果子都只有一粒葡萄那么大,可是,千万颗果子一起簇拥在树枝头,这树就成了一座高大无比、庄严无限的树塔!一座浑圆的塔,一座通体金黄的塔,一座历经了四季风雨的塔,一座傲视着清霜白雪的塔,一座我只敢仰望不敢亵渎

的塔!

　　这座树塔顶上,就是深远的蓝天。不,拥抱着这样一座肃穆又静怡的树塔,蓝天似乎根本不再遥远了。它其实就贴在每一个金色果子的后面。一大片无穷无尽、无涯无际的湛蓝,就贴在那瘦骨嶙峋又丰满无限的树的身后、头顶,使这棵树显得愈加高大脱俗了。这棵树,仿佛是天地间唯一的一棵大树呢!仿佛是天地间唯一的树之母亲呢!

第十条小鱼

　　仰望着她,我的心不自觉地低矮了下去,慢慢地匍匐在了树下。但是,那一对勇敢的四喜鸟,却不管不顾地穿梭在铁瘦的树枝之间,穿梭在金灿灿的果子之间,为那端庄的树母,织了一条飘逸的黑白丝带,给那肃穆的树塔,砌了两个黑白的小窗。

　　啊,有了这对四喜鸟活泼的飞舞,这棵树,这棵金光闪闪的大树,这棵矗立在衢州二中老初中楼前的大酸枣树,竟然霎时长出了翅膀,仿佛要凌空飞去了,仿佛一转身,就要融入无垠的蓝天和宇宙中了。那满树的金色枣子,也都轻轻地舞动和歌唱起来,向我洒下了无数滴甘泉。

　　而不远处,有一大群小麻雀、乌鸫鸟,也叽叽喳喳地朝这位大树母亲飞了过来,加入了四喜鸟的舞蹈,加入了这大树与小鸟的合唱。于是,金色的果子就在高高的树塔上,敲响了新年的第一缕钟声,祈祷着蓝天之下的一切生灵幸福美满!当然,匍匐在这美丽的树母之下的我,也收到了大树与小鸟的最好的祝福!

早起的奖品

风大,老远就闻见了一股幽香,比桂香清冷些,比橘香幽远些,比樟香清淡些,让我在昏暗中想起月的影、佛的手、教堂的钟……

时间并不早了,但太阳还在赖床,寒假来临,仿佛连太阳公公也变成了小学生。我矮小的身子穿过天地间那一团混沌的黑,借着路灯光朝江边走去,冷冷的空气在唰唰摸着我的脸,似在我脸上贴了一张沁凉沁凉的奖状,奖励我勤勉晨练的脚步。

这时,那阵香拂来,我才知道原来天地还给我准备了一份奖品呢!

激动地跑去领奖,临近"领奖台",脚下却被筑路工遗下的一堆沙土绊了一下——吧唧,摔了个"嘴含沙"。狼狈地抬头一看,

第十条小鱼

啊，一盏梅花灯正高高悬在我眼前，使我忘了所有的疼痛和尴尬。其实，这是一盏肚子滚圆、戴着铁帽的普通路灯，可它被一树红梅擎了起来，被一片梅香托了起来，霎时变得俊逸、雅致了，宛如嫦娥奖给我的一盏满月之灯。

这奖品实在太美，以至于我在急惶惶站起来冲它跑去时，"咯"的咽下了一口沙，变成了今早江边的第一傻姐。哈，傻姐一眨眼的工夫就窜到了灯下，抱住了灯柱。啊呀，这奖品太重太重了，原来我根本拿不动，我还是把它捐给梅花吧。

我心里才一想着"捐"字呢，梅花们都笑了。小小的红梅，那一个个含羞微垂的脑袋，全在柔和灯光的映照下，轻扬起粉脸，冲着我笑。从她们小嘴里吐出的芳香，更浓烈也更清澈了。我仰头望着她们，望着她们那暖暖的笑脸，粘在我牙齿上的那些沙，居然一颗颗都变香了，变软了。

梅是如此温婉可爱的小妹，为何古人今人的诗文里，都把她们写成了烈女贞妇呢？看，她们笑起来的时候，她们那被灯光宠爱地抚摸着的小脸是那么活泼亮丽、妩媚生动，她们根本还没成年，更没有人老珠黄，不需要被刻上贞洁牌坊呀！

前天我就写过类似的文章，鼓励读者们向梅勇士敬礼。可此刻我才知道我的文章其实是不妥的。梅，这在寒冬清晨的路灯下

欣然怒放的朵朵红梅，完全还是一个个调皮可爱的孩子，完全还是一个个稚气未脱的女孩呢！她们只是个性比较倔强而已，喜欢和风雪对抗，喜欢和北风捉迷藏，喜欢开在别的花都赖床的寒假里，喜欢在偏僻的河岸上和一盏路灯作伴而已……

这样活出自我、活得精彩的女孩，当然是天地的大爱了。即使太阳公公没醒，连路灯也格外怜爱地照耀着她们。路灯的光，离她们近极了。路灯的光，其实就在梅花中间穿行着，把一朵朵小梅，托得晶光灿然，映得熠熠闪亮，照得那些红瓣、白芯和黄蕊全都飞了起来。

哦，今晨，我看见灯给梅镶上了真实的翅膀。而梅呢，簇拥着那盏普普通通的路灯，飞上了河岸，一路还俏皮地向人间撒着欢笑，撒着脉脉的香息，如月笼江河，如佛送慈悲，如晨钟悠扬。这香，是如此高渺、明净、隽永，也难怪，人们总要把梅写得那么圣洁了。

只有我这个拥抱着灯柱、拥抱着梅树的"沙"大姐知道，梅还是个天真烂漫的小女孩呢，因为今早我跟她一起飞过了！

我的心，被那盏梅花灯送上了蓝天，看到白日从地平线上冉冉升起，看到新的一天庄严地来到人间。呀，我今天早起收获的这与梅共舞、与光齐翔的快乐，应该是天地间最大的奖品了吧？

锦江边的豌豆花

她是被辽远的军号吹醒的吗？还是被那耳边的鸟鸣闹醒的？

正月十八，元宵节落灯的日子，春节节庆落幕的日子，清晨六点一刻，天还未亮，衢城大地还睡得沉沉的。手儿轻轻拂过二中至江滨的那些行道树，树干上有沁凉沁凉的一层薄霜。霜还没有被人间的喧闹震醒呢！虽然每棵树，都被啾啾的鸟鸣密密匝匝地围住了，但连树也仿佛还在酣睡。路旁住宅区的高楼上，也只有很少的几盏灯，在寂寞地揉着惺忪的眼。

这时，远远的，从西南方传来一阵激越的军队起床号。因为天冷，那号子传进我的耳中竟也似蒙着一层白霜，冷，但令我振奋。我踏着那铿锵的号子，蹚过一地从鸦青色慢慢转向蟹青色的天光，

快步走到江边。

啊，没想到，天地首先在江心醒来了。江心，有渔船在轻摇着柔波。但渔船并不是焦点，那柔波才是。因为那波是琥珀色的。整整一片江面，都盖着一层闪闪发亮的琥珀。顿时，那条寻常的江，就变得无比珍贵起来。

我顺着江流，慢慢往东走。除了那款哒、款哒轻拍着江岸的水声，我耳朵里仿佛再听不见其他声音。当然，我的眼睛，除了江上的波光，也似乎再看不见其他景物。

越走，波光越亮。巨大的琥珀晃荡着，慢慢变成了这世上最大的一盏红茶。茶色渐渐加浓，一杯醉人的葡萄酒又摆在了我的眼前。

啊，再往东走，玻璃酒杯被一座高高的大桥打碎了。葡萄酒全倾倒在桥那端的深潭里。潭面上浮起了檀香片，飘着一层密密的红枣，还洒满了黄栌叶、玫瑰花瓣，嵌满了毛栗子……小跑着来到那潭边，才发现那些瓜果、鲜花、美酒，又退到远方去了——哦，不，是从我眼前直到辽远的天边，都铺了一条闪光的长锦。长锦上不仅绣满了桃花、茶花、蔷薇花，绣满了橙子、樱桃、葡萄，绣满了茜草、酱草、藕荷，还绣满了松柏、竹子、青禾……

总之，眼前的这条长锦上，绣满了大地上的万物，但不是依次绣上的，而是用乱针混绣的，所有美丽的物体和色彩都混在了

第十条小鱼

一起,糅成了一条赤橙黄绿青蓝紫层层交织的大锦江,一直闪着光,一直延伸到同样百色交杂的天之涯。

这时,太阳还远未出来呢!但这条锦江,已经把太阳的秘密,太阳的辉煌,提前在天地间做了广告。

我顺着锦江,疾走、慢跑,想跟她一起去迎接日神的驾到。可是,路边的一畦豌豆苗,却伸出纤纤的手臂,小心翼翼地拉了一下我的裤脚。啊,没想到豌豆苗已如此青翠。而且,在翠绿的豌豆叶间,居然开满了朵朵白花。

一朵朵小小的白花,一个个小小的白蝶,从我的脚畔静静地铺开、飞起,只一眨眼,就把一个羞羞答答的春天,推送到了我眼前;啊,只一眨眼,那从地里飘出的清香就把我淋湿了,那从泥土深处涌出的清泉就把我清洗一新;只一眨眼,我就被自己和这些小白花、小白蝶嬉戏、作伴的童年记忆淹没了。太阳依然没有升起。但在那绵长无垠的锦江边,那小巧淡雅、纯净朴实的豌豆花已经静静地升上了我的"心空",塞满了我的"心空"。

收获了这个别样的太阳,我笑着转身踏上了归途。背对着那条灿烂无比的锦江,我心里只飘着那朵朵白豌豆花的影子。

今早的旅程,让我更加认清了自己,原来红尘万丈、弱水三千,这最素朴的一瓢白色,才是我的最爱啊!

读千屈菜，读惠特曼

已经是一年里的最后一天了，已经是真正的寒冬腊月了，可是，那丛千屈菜，还开着粉红的小花。

每天，我都要从她身边走过。每天，我都要被她感动一回。

她不是长在花园里，不是长在草地上，甚至不是长在泥土中。她是从衢江边的水泥堤坝里钻出来的。那么纤丽的她，却冲破了坚固异常的水泥墙的束缚，用自己柔弱的身躯，顶开了层层岩石，打通了板结的水泥，将那绵延无尽的江堤，戳出一个小洞，探出了绿色的脑袋，开出了嫣红的小花。

她的花期很长，既做过绣球花的小丫鬟、合欢花的小书童，也做过秋雏菊的小伙伴，没想到，到了百花凋零的深冬，她依然

第十条小鱼

像个明媚又羞怯的花季少女。

她一个人开在西风里,一个人傲视着白霜,一个人看尽槭叶的飘落、枫叶的凋零、无患子叶的繁华落尽,那么寂寞,又那么不惧寂寞!每天经过她身旁,我都想向这小花敬个礼,因为我还不如她,能如此一个人淡定地面对所有的日子,能如此淡定地面对一切亲朋的离去。我真应该向这丛小花学习啊!

因为她,我想到了美国著名诗人惠特曼的一首小诗《我在路易斯安那,看见一棵栎树在生长》。惠特曼在诗中,写了一棵孤独然而欢快地生长着的栎树,说它是男子气概之爱的象征,说他自己做不到像那棵栎树那样,在孤独中生活得那么旺盛而快乐。

我觉得,这丛千屈菜,是女子之爱的象征,因为她是那么谦卑又强大,那么羞怯又热烈,那么柔弱又坚韧。

因为这丛千屈菜花,所以,今天我给孩子们上课,就讲了惠特曼的《草叶集》,讲了路易斯安那的那棵栎树,讲了惠特曼著名的《啊,船长,我的船长》,也向孩子们介绍了日本著名女诗人金子美玲,她正好写过一首关于千屈菜的诗:

长在河岸上的千屈菜,

开着谁也不认识的花,

河水流了很远很远，
一直流到遥远的大海，
在很大，很大的，大海里，
有一颗，很小，很小的水珠，
还一直想念着，
谁也不认识的千屈菜，
它是，从寂寞的千屈菜花里，
滴下的那颗露珠。

哦，在这一年的最后一天，带着孩子们读惠特曼，读金子美玲，走在倔强地开着千屈菜花的江岸边，晚上还和亲爱的家人去拍了阖家欢照片，看旧年慢慢远去，迎新年款款到来，我感觉自己没有虚度时光。

也许，看花、读诗、拍照，就是在虚度时光，然而，这样虚度的时光，我觉得是我生命河岸上一丛可爱的嫣红小花。

有这样的花儿作伴，无论岁月怎样匆匆地一程一程往前赶，我都会用我欣然的心，欢快的叶与花，去迎接一切日月光华和风雨洗礼，所以我不怕，不怕年华老去……

云中村

那样的云雾,以前只在飞机上看到过。

每次在飞机上看云海,我总觉得在白云边缘隐藏着一个个村庄呢,那云里的村庄也有河流,也有牛羊,也有茅舍楼房,也有小孩骑竹马,也有老人晒太阳……

也许,我们逝去的亲人正住在这样的村庄里呢!

但今天,我在大地上,竟也看到了一个个云中村。那是早晨六点三刻左右,我正坐在衢州至杭州的高铁上,面前摆了个小电脑,在修改前天写的一篇鸟鸣唤醒天地的小散文《醒》,我无意间一抬头,啊,一个乳白的云雾之海,就涌动在我的眼前,涌动在我的脚旁。云雾中,隐约可见一片片绿树、一幢幢农舍、一条条河流在闪烁。那个云雾之海,在火车外轻轻荡漾、缓缓流动。

她怀中的一切，也在轻轻荡漾、缓缓流动。整个大地，仿佛都像牛乳一般流淌起来。那些隐隐闪动的绿树和红瓦，全成了一件件绣着红花的绿衣，在牛乳中袅袅地飘摇着，并被牛乳裹挟着，默默向前滚动。

大地上的一个个村庄，竟成了一件件正被浣洗的霓裳！云雾中，那些隐约的人影，则仿佛全成了浣衣的西施。

江南的大地，变得异常清新秀婉，恰似宋时那些"旖旎近情，铺叙展衍"的婉约词。有一川烟草的苍茫，有绿杨秋千的俏丽，也有误入藕花深处的沉醉。是的，我醉了，醉在这鲜活生动的宋词意境里。

而在云雾之巅，村庄之上，还悬着一枚旭日，鲜红、圆满、安详、庄严，她给云雾之海镶上了一道浅浅的金边，给牛乳洒上了一层玫瑰色的花瓣，将一个个云中村装扮得如此娇艳、妩媚，就好似西施穿上了嫁衣，羞答答地走向了花轿……

哦，这样的大美之景，恰是天上没有的。而那些跟我们最为血肉关联的亲人，就生活在这一个个真实的云中村里，既能和我们一起守护对天上亲人的无边思念，更能带给我们平凡、真切的拥抱和感动，和我们一丝一缕地织出生命的经纬，陪我们一寸一寸地在大地上种植我们的幸福，跟我们一起含辛茹苦地养育后代，

第十条小鱼

努力把大地上的一个个家园变成身边的天堂。所以,我今早见到的这些云中村,比飞机上见到的更美丽、更温暖、更隽永……

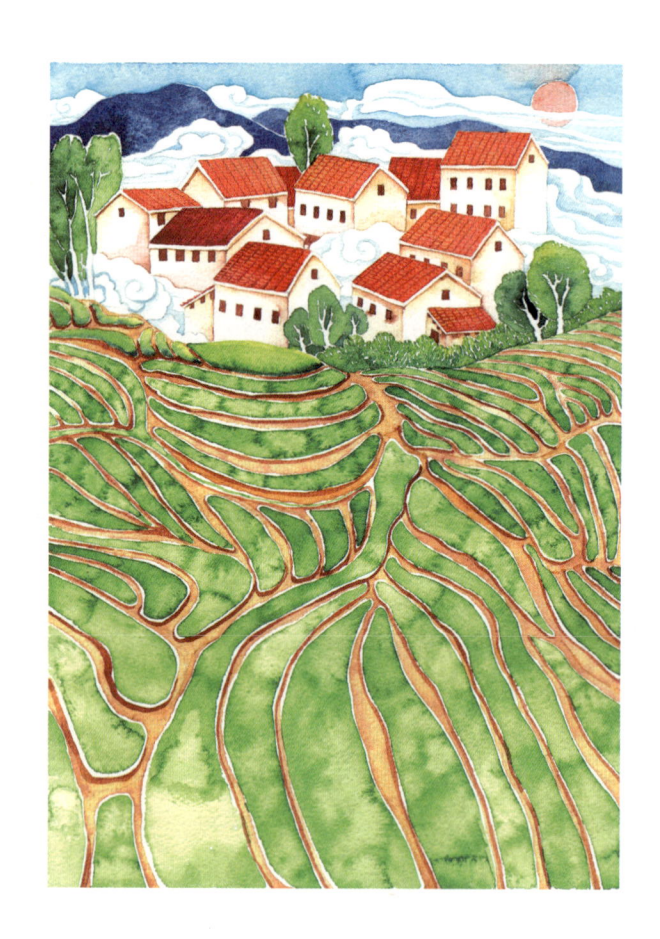

枣树的馈赠

十年了,这棵枣树,终于馈赠给我满满一盆枣子。

总记着它来时的样子,高不过两尺,粗不过两枝,是我爸特意帮我从老家溪滩边挖来的。最初有两棵,当年一种下去,一成活,它们就迫不及待地开花了。小小的的枣花,曾像大钟一样撞击着我的心灵。

长到第三年,有一棵枣树被一棵野生的枇杷树夺去了生机,悄悄地枯萎了。

从此,我家楼下,就剩了一棵枣树,孤单,然而倔强。尽管那枇杷树长势汹汹,还想把它逼走。但是,它却高高窜了出来,比那小花园里一切的树木都要长得高挑,长得婀娜娉婷。

第十条小鱼

它每一年其实都结果子的,小的时候结得少些。大一点,就多结一点。我却几乎从没吃过它的枣子,因为它们总是在成熟之前,就被楼下的小孩摘光了。

到第七年的时候,我们搬家了,从城南搬到了城北。虽然老房子既没有卖掉也没有出租,虽然这楼下的枣树依然属于我家,但是,因为新家离老屋很远,我不大有时间回老屋去,所以对门邻居就把我的树视作了他们家的树,每当秋初枣熟季节,他们自然而然就把枣子摘走了。

一晃,就到了第十年。

一晃,我就从一个少妇变成了一位眼角挤满了鱼尾巴的中年阿姨。

一晃,女儿就成了一位秀丽温婉的高中生。

本来,这枣树是为她而种的。在她一岁时,我曾在楼下帮她种了一棵白兰花。年年花开甚密,其香远播。但是,在孩子四周岁那年,一场大雪,一个我们用爱心堆送给白兰花的大雪人,却把花树冻坏了。到了第二年春天,它凋零的叶子再也没有飞回枝头。

白兰花树离开了我们。它很娇俏、纤弱,它没能扛过一场大雪对它的洗礼。我在经过长长的心痛之后,特意叫老爸从老家挖

来了两棵枣树苗。

我总觉得，枣树是比较卑贱也比较坚韧的树木，既能耐旱也能抗冷，还能结果。我希望孩子能像枣树一样生机盎然、刚强无畏。

两棵枣树，虽然最后只剩了一棵，但这一棵真的活得很活泼，也很顽强。

今年夏天大旱，我却从没有去浇过水。不是我把它遗忘了，而是我每天总有写不完的东西，还连着上了很多公益课，简直忙得不能喘气，不知不觉，就疏忽了我的老友。真的没想到，我的老友，竟然顶着干旱，结出了累累的果实。

"大姊，你楼下的青枣熟了，你要来打枣子吗？"昨天傍晚，住在我老屋附近的妹妹打来电话问我。

"啊，还有枣子吗？"我吃惊地问。

"是的，虽然低枝都被别人摘了，但树的上半部还有不少。"妹妹答道。

这时，我才想起，今年，我对门的邻居已经搬走了，所以，那棵青枣树，又成了我家的树。

"明天有两个稿子要写。要不，枣子归你了，留几颗给我吃吃就行！"我如此回复妹妹，并叮咛了一句，"拜托帮我浇一下水哦！"

第十条小鱼

"好的！"妹妹向来话少，说着，已经把电话挂了。

没想到，今天傍晚，妹妹却将枣子送到了弟弟家，唤我去拿，因为那时我正和夫君在江边散步。

待我慢慢悠悠到了弟弟家，竟突然与一大袋枣子撞了个满怀，我大惊："哇，这么多啊！"说着，抱着那个枣袋子，我的鼻子一下子酸到了极点。

这么多年了，这是第一次，我收到了枣树对我的馈赠，恰恰是在我对它最疏于管理的时候，恰恰在干旱之年我也没有去给它浇水的时候，它，冷不丁地把这么多果子一下子送给了我。

"大姊，今年夏天几乎没下过雨，枣子都比较小，但特别甜呢！"妹妹笑着向我介绍，仿佛那是她结的果实。

我拿起一颗，轻轻放进嘴里，咯嘣一咬——枣肉虽然稍稍有些发干，但确实很甜。

这，可是大旱之年的枣子啊，是我那棵孤独然而倔强的枣树奉献给我的最珍贵的礼物啊！

嚼着枣子，嚼着枣子，慢慢的，我的眼睛被泪水浸花了。

我给弟弟、父亲他们留了一半，把其余的枣子抱回了家，没东西盛，我就把所有枣子都倒进了一个不锈钢的脸盆。

啊，还有满满一盆子青枣呢！

这是何其辉煌的丰收啊，对我亲爱的枣树来说！这也是多么巨大的讽刺啊，对我这个对枣树关心不够的老朋友来说！

夜慢慢深了，我还对着这盆枣子，感慨万千。

我应该把枣子放进冰箱，等我的女儿、枣树的小友小红枣周五从学校回家，让她好好看看枣树馈赠给我们的这份大礼，让她好好听听岁月对我们的深情问候！

原来，一切真诚的过往，它们都在那里，永远在那里深情地把我们凝望呢！不管我们是不是遗忘了它们，它们都是我们生命树上结出的甘甜的枣子，它们都静静地站在岁月河的岸边，等待着我们去回望，去偎依，去抚摸，去遐想，去拥抱！

哦，老家的枣子，谢谢你！谢谢你还如此一往深情地惦记着我们、守候着我们！

春天的声音

那是小草发芽的呢喃。

那是绿叶萌动的细语。

那是花朵含苞的心跳。

那是植物拔节的歌声。

那是小鸡啄壳的鼓点。

那是雏鸭下水的欢呼。

那是燕子归来的口哨。

那是动物长大的童谣。

春天,万物在苏醒,万物在生长,万物在恋爱,万物在繁衍,万物都在为阳光鼓掌,为雨露喝彩,对天空敬礼,向泥土感恩。

春天的声音,细微若丝弦,磅礴似雷霆。春天的声音,娴雅

若处子,活泼似少年。春天的声音,清浅若小溪,深沉似大海。

春天的声音,在大地上奔流,无处不在。

春天的声音,在云霞里涌动,每时每刻。

春天的声音,在山水间跳跃,忽高忽低。

春天的声音,在人心里游走,有喜有忧。

春天的声音,在人和动植物的努力中,一天天壮大。

而努力耕耘、努力长大、努力生活的声音,是所有春天声音里最美丽的一支歌谣。

第十条小鱼

只愿我是小鸟

没有人能跟你一样忠实，站在那里，守候日升月落，守候乌飞兔走，守候花开草枯，守候雪飘冰融。

没有人能跟你一样执著，站在那里，渴盼五谷丰登，渴盼鱼肥人美，渴盼山川秀润，渴盼岁月常青。

没有人能跟你一样，站得久远，站得挺拔，站得忘我。没有人能跟你一样，能用这种目光看着人类，永远给人类以舐犊深情。

你用手掌为白云梳头，你用脚趾为黑土搔痒，你用轻轻的一声呼吸，给牧童的柳笛伴奏；你用悄悄的一角裙裾，遮少女心头密密的相思。

哦，这就是你啊，大树！

春天,你的每一朵花都是一盅甘醴,都是你向大地表白的感激!秋天,你的每一枚果都是一串歌谣,都是你向蓝天呈上的厚礼!夏天,你以绿荫做伞,伞下吸纳了多少农人的汗水!冬天,你袒露胸怀,怀中蕴藏了多少生命的奥秘!

百年、千年,说不尽你的高寿;百尺、千尺,量不尽你的高度。

你站在那里,站在长江源头,站在多少游子的乡思源头,站在多少故事的第一章节,风不用与你对话,就读懂了你的心事——你是要让绿色绵延,映照每一扇纱窗;你是要让溪水漫流,浸润每一寸沙漠;你是想带着小草,把我们地球共筑成一个可爱的家园啊,大树!

你站在那里,站在黄河源头,站在多少母亲的青春源头,站在多少戏剧的第一幕里,雾不用与你对话,就读懂了你的心事——你是要让和平绵延,爬上每一级台阶;你是要让友爱漫流,驱走每一分邪念;你是想带着小花,在我们人间装扮出一个美丽的神话啊,大树!

大树,我只愿是只小鸟,将巢筑在你的心上,永远永远把你偎依,永远永远为你歌唱

小无患子的太阳

元旦过后,江边落叶树的叶子几乎全掉光了。

橙色的樱叶、火红的槭叶、鹅黄的柳叶全被西风从树上撕下,变成了大大小小的落蝶,卧进草丛,躲进树根,或无奈地蜷曲在人行道上,任行人踩踏,再被清洁工一一收进畚斗。

少了那五色斑斓的树叶,衢江两岸,骤然暗淡了。今天又是雾霾天,早晨漫步江边,我感到天地仿佛是两爿重重的石磨,而我的心是这两扇石磨之间的一颗小豆子,它们合起来只轻轻将我一压,我就被碾成了粉末。

"罢罢罢,还是回家去吧!"我自言自语着,转身拐上了江与岸之间的树林隔离带。这林间有一条被荒草淹没的石板路,我

已很久没去走动了。以前，我是常常亲近这条小路的。可自从书院路口与对岸的衢州学院间建造出一条跨江大桥，造桥工程将这条小路一截两半之后，我有将近一年的时间不敢轻易踏进桥墩两边的树林，不敢迈上这林间小路了。只怕勾起自己难抑的心痛，心痛那个被桥墩毁掉的小公园，心痛那些夭夭的花树，心痛这条古朴寂静被腰斩的小路。

今天，也许是心情过于失落的缘故，我反而多了几分勇气，只顾顺着那荒草丛中的小路一直往前冲。眼看着就要冲到大桥工地了，这时，一棵树蓦然从众多的树木中"冲"了出来，一把拦住了我。不是这棵树有多粗多壮多高多大，从而拦住了我的去路；也不是这棵树有多独特多珍贵多罕见多怪异，从而勾起了我的好奇。这只是一棵普普通通的小树，其实，它的树干刚够我用两只手掌扣着它。它的学名叫无患子，像它这样的树，在我每天散步的江畔，少说也有四五百棵，而且基本上都比它高大伟岸。

但是，过了元旦，那四五百棵大的无患子树，树叶已基本上落尽了。即使还顶着树叶的，也成了稀稀拉拉的半秃子，属于无患子的最美季节已经过去了。它们那灿烂的黄叶，曾经在江边织了顶连绵十多里长的金帐子，将深冬的衢城装点得熠熠生辉。可如今，它们和矮矮的槭树、细细的柳树、小小的樱树一样，都成

了一个个光杆司令。

我万万没料到的是，在这些无患子"光棍"群中，居然还有个漏网之鱼！这棵小无患子的叶子竟然还那么茂密。在它身下，似乎连一片它自己的落叶都找不到。而且，它身上的每片叶子，竟然黄得绝无半丝杂色。它就像从天堂里直接跳下来的一个小天使，朝我俯下它那无比璀璨、纯净的金黄金黄的脸蛋，冲我笑盈盈地喊了一声："嗨，请站住！请好好看我一眼！"

我就遵命站住了。我轻轻移动着自己的脚步靠近了它，抱住了它的树干，静静地、静静地抬头仰望着它，仰望着这棵经历了寒冬好几场霜冻依然枝繁叶茂的小树。我发现，我的目光根本就穿不透它那厚厚的叶子，根本越不过它那端庄的脸庞和粗粗发辫。

尽管这棵树冠圆圆的小树上面，是一棵异常健硕的百年大樟，

樟树的枝叶完全把这棵小无患子盖住了，尽管今天的衢城灰蒙蒙的，天空一片惨白，但是，久久凝视着这棵无患子树，我还是在她的树梢上发现了一枚通体金黄、亮丽辉煌的太阳。这太阳，就是由它那密密麻麻、色泽浓烈的黄叶凝结而成的；这太阳，就是这棵无畏无惧的小无患子树帮我升起来的。

原来，一棵小树也可以在严酷的环境里，如此热情澎湃、热火朝天地为自己活着，为自己创造生机，为自己制造光芒，为自己点燃希望，为自己祈祷更好的明天啊！

这棵小树，身处江岸最偏僻的一隅，而且在春夏秋冬四季都被大樟树压着，仿佛永远也找不到机会显露自己的美丽了，仿佛永远也没有出头露面的日子了，但是，它气馁了吗？没有！在这冬春之间的时间缝隙里，她找到了属于自己的季节，在这百花凋零、黄叶落尽的岁末年初，她默默地绽放了，独自为世界升起一枚金色暖阳，独自笑傲着所有凄苦、黯淡的时光。

它孤独的坚守，终于为自己赢得了冉冉升空的机会，终于赢得了我这路过者的无比敬重。她胜利了，在她那金闪闪的旗帜里，我看到了新的希望，汲取了百倍的勇气。我挺起身子用力一弹，啊，天地的磨盘，豁然被我弹开了，我这颗小小的人豆，已在心灵的皇天后土中，深深扎下了重生的根须！

亲吻一朵黄从容

刚从那小岛上爬上岸,刚从失望的衰草丛中钻出来,我对眼前的那片月季花田根本没抱什么期待。毕竟,立春过后才十天,就连小岛上的二月兰都还没发芽呢!这种挂着牌子、看去名贵得很的月季,又不比那些朴素又倔强的藤本小月季,见了一点春光,晒了三天暖阳,便会在校园的篱笆边、农家的小院里、居民楼的犄角旮旯里,羞羞答答又活泼轻灵地怒放开来。

这里,是江堤公园的正规花圃,而且还是一方特别受重视的样板型花圃,跟不远处新筑的红色浮桥一起,是衢江西岸的一处新景点。

看,这会儿至少有七八位民工正在月季花田里干活!有的弯

腰拿锄松土，有的蹲着用手拔草，有的举着树剪在小心翼翼地帮月季修枝，有的拎着肥料桶跟在松土者身后亦步亦趋地给月季施肥。

切，竟把那些还没长出几片绿叶的秃头月季，侍候成了最尊贵的公主和皇后，真是的！我莫名其妙地对这片月季生了气，只想快快离开它，去岸上看看衢州学院临江的那条栾树小路，看看栾树们在这春醒时节会呈现一副什么模样。

栾树的老灯笼果经过一个冬天的风吹雨打，掉了吗？栾树那光秃秃的枝条上，现在已有发芽的迹象了吗？栾树下的小路，还像秋天一样悠远而静谧吗？那条正在建造的书院大桥，在西桥头处，又到底毁掉了多少棵栾树呢？

我顺着月季花田中间的大理石台阶，一阵疾走，一会儿就爬到了月季花田的最高处，马上就要上岸了，这时，我转身嘲讽似的对那片月季说了声："抱歉了，月季公主、月季娘娘，今天俺冷落你们啦！"

没想到，就在我转身的那一刹那，花田中间，有一抹艳艳的橙黄，猛然朝我闪来，就像黑夜里的一道手电光，照在我身上，一下子就把我定住了。原来，在这片娇里娇气的月季花田里，已有犟头犟脑的月季开花了！在那些小公主、大皇后的身边，原来也有泼辣的花木兰,已经早早上了"战场",开出了明灿灿的捷报之花!

我连忙从岸上退回花田,飞快朝那一道"捷报"跑去。我没看错,真的已有黄花在怒放!真的已有月季花中的英勇女战士,战胜了自己的娇气,战胜了自己的羞怯,打败了凌厉的寒风,打败了肃杀的白霜,从光光的枝干间挺身而出,向世人证明了她们这个种族真正的高贵品质、从容气度。

我俯身凝视着那朵月季花,月季花不卑不亢,也仰头凝望着我。哦,这朵花的眸子好大好幽深,一下子,就把我的心吸进了她的花蕊。她那橙黄的衣裙,分明就是由阳光裁剪、缝缀而成的,那么鲜艳、热烈、光彩熠熠。那层层叠叠的花瓣,紧紧团成一个有力的拳头,正在晨风里轻轻挥舞着,仿佛在跟世界问早安,也仿佛在向全世界宣扬——我虽是一朵小小的月季花,但我不怕孤独,不怕寒流,不怕人类的恩宠,也不怕诗人的热情赞美或冷嘲热讽。我就是我,一朵名叫"黄从容"的简简单单的月季花!

是的,是的,她就是一朵简简单单的黄月季啊!虽然是花田里开得较早的那一朵,虽然在很远很远的地方,我才为她找到一个同伴——一朵"红从容",但她根本无忧无惧,就那么轰轰烈烈地开着,热情奔放地笑着,用她那自然坦然淡然悠然的姿态,

改变了我对那整整一片花田的不良看法。

其实，花本无贵贱之分，是我们人类特意将她们分出了三六九等，并用三六九等的态度去对待她们，给她们贴上了这样那样的标签，是我们人类对花的态度不够虔诚。真没想到，竟是一朵早开的黄从容，教我认清了大地上一切花朵的真面目！她，不愧是花中的"花木兰"啊！

望着这朵黄从容那大方从容又天真烂漫的模样，我被一股感动的热潮狠狠一推，忍不住屈下一腿，半趴在地上，在这花的花眸上亲了一口。就这样，含着她赠给我的满嘴芬芳、留下我送给她的一缕心香，我从从容容地踏上了归途——竟忘了去看岸上的那些大栾树。

图书在版编目（CIP）数据

母女书：第十条小鱼 / 毛芦芦著. -- 北京：北京时代华文书局，2018.1
ISBN 978-7-5699-1967-7

Ⅰ.①第… Ⅱ.①毛… Ⅲ.①散文集－中国－当代 Ⅳ.①I267

中国版本图书馆CIP数据核字（2017）第297454号

母女书：第十条小鱼
Munüshu:Di-shi Tiao Xiaoyu

著　　者｜毛芦芦
内文插图｜画儿晴天
封面插图｜杨子艺

出 版 人｜王训海
选题策划｜叶明光
责任编辑｜许日春　王雨沉
特约编辑｜关远芳
装帧设计｜九　野　孙丽莉
责任印制｜刘　银　訾　敬

出版发行｜北京时代华文书局 http://www.bjsdsj.com.cn
　　　　　北京市东城区安定门外大街138号皇城国际大厦A座8楼
　　　　　邮编：100011　电话：010-64267955　64267677

印　　刷｜固安县京平诚乾印刷有限公司　0316-6170166
　　　　　（如发现印装质量问题，请与印刷厂联系调换）

开　　本｜880×1230mm　1/32　印　张｜7.5　字　数｜130千字
版　　次｜2018年5月第1版　　　　　印　次｜2018年5月第1次印刷
书　　号｜ISBN 978-7-5699-1967-7
定　　价｜36.00元

版权所有，侵权必究